ざまぁフラグが立ってる王子様に転生した

著 有 Ari　イラスト Ruki

zamaa flag ga tatteru
oujisama ni tensei shita

CONTENTS

王子様覚醒する

王子様と悪役令嬢

王子様覚醒する

ざまぁフラグ立ってる気がする

「なんで‼　どうして陛下はあの女ばかり‼」

金切り声とともに、ガシャーン‼と派手派手しく何かが割れる破壊音。

ぱちりと瞬き一つ。

もとは豪奢《ごうしゃ》であっただろう一室は、嵐《あらし》が起きたかのように、あちらこちらに破損された物が散らばっている。

もう一度瞬きをし、自分の両手に視線を落とす。

小さな、幼子のような、白く柔《やわ》い手。握って開いてを繰り返し、そして、割れた鏡に映し出される僕は、銀髪に銀眼の幼い子供のすがただった。

(うん、やっと、思考と肉体が繋《つな》がった。でもこの記憶、僕のものだったのか？　これって転生？　それとも憑依？)

この部屋の中で暴《あば》れまわっている女性は、僕の母上だ。

あぁ、いつものヒステリーか。今日は確か、父上と公務に出掛けるって言ってなかったか？　もしかしてキャンセルされた？

もー、仕方がないじゃないかぁ。父上……、いや国王陛下ってば、気に入らないことがあると、すぐに母上のせいにするんだもの。八つ当たりでしょ？　八つ当たり。

大方、国王陛下は最愛の王妃様をパートナーとして、外交公務に出席するつもりだったんだろうけれど、その連れていく相手が、しぶしぶ娶《めと》った側妃である母上だと知って、母上に『公務は王妃と行くことにした』とか言ったんでしょ？　王妃様のスケジュールが合わないから、側妃である母上に国王陛下のパートナーを務めるように、スケジュール管理をしている侍従たちが仕事を割り振ったはずなのにね。

そういうところがさぁ、大人げないんだよなぁ。国王陛下って。

この惨状に誰《だれ》も口を出さず、そして窘《たしな》めないのは、あれが……あそこで暴れまわっている女性が、この国の側妃であり、下手をすれば、あの癇癪《かんしゃく》に巻き込まれるからだろう。

いや、それでも止めろよって思うけど、あのヒステリーでの破壊行動は日常茶飯事だし、この部屋はそのためだけにあつらえてある。ついでに壊される物も、新鋭芸術家やら職人の失敗した作品で、彼らが壊そうとしたものを買い取って、この部屋に置いてあるのだ。

いわゆるガス抜き。このヒステリーは長く続くことはなく、物を一、二個破壊した後は、大泣きして終了するのだ。

だけど、下手をすれば暴れてる最中で怪我《けが》するかもしれないし、後片付け大変じゃないか。漏《も》れ出るため息を押し殺し、僕は泣きわめきながら暴れている母親に声をかけた。

「母上」

僕の呼びかけに、母親……母上はぴたりと止まり、そしてゆっくりとこちらに振り向く。

「母上」

両手を差し伸べて呼びかけると、母上は振り回していた椅子《いす》を手放し、僕に駆け寄り抱きしめる。

「アルベルト！　わたくしの可愛《かわい》いアルベルト!!」

そして母上はむせび泣く。

「ごめんね。ごめんなさいね。不甲斐《ふがい》ないお母様を許して」

感情の起伏が激しい人だなぁ。

でも、仕方がない。僕の父親である旦那がね、母上の情緒をかき乱している張本人だから。

慰めるように母上の金色の髪を撫でながら、部屋の入り口にいる使用人、侍女に濡《ぬ》れたハンカチを持ってくるように告げ、従僕《じゅうぼく》それとも執事だろうか？　彼に部屋の片付けを指示する。

「母上、このような薄暗い部屋では、気が滅入《めい》るものですよ。もっと明るい部屋に移動しましょう」

「ええ。ええ、アルベルト。そうね、貴方がそう言うのなら。香りのいいお茶が飲みたいわ」

少し落ち着いたであろう母上の手を引き、テラスのある部屋へと移動した。


僕の名前は、リューゲン・アルベルト・ア＝イゲル・ファーベルヴェーゼン・ラーヴェ。

リューゲンがファーストネーム、アルベルトがミドルネーム、ア＝イゲルというのは王家の一番目の子という意味で、ファーベルヴェーゼンというのが現王朝、つまり王家名。ラーヴェは王国名だ。ついでに年齢は六歳。

ラーヴェ王国の第一王子が僕なわけだが、母親は王妃ではなく側妃である。

母上は侯爵家出身で、今の国王陛下が王子殿下時代、婚約者だった。

婚約者であったにもかかわらず、なぜ母上が王妃ではなく側妃になったか。

それは国王陛下、僕の父親なんだけど、彼が隣国に留学中に、その国の王家の血を引く公爵家の姫君に一目惚《ひとめぼ》れし、双方の国の外交的にも利があるから、そのまま婚姻が結ばれた、というのが世間で知られているところの内容だ。

そんな理由で隣国から娶った王妃様には、なかなか子ができなかった。

子ができなかったといっても、婚姻してから三年ぐらいしか経《た》っていない。昔の日本じゃあるまいし、もう少し様子見ても良くない？

でも、王族に仕え、政《まつりごと》に携わっている貴族にとっては、そんな呑気《のんき》なことはいってられなかったんだろう。なんせ国王となった王族の一番のやるべきことは、次代の国王となる世継ぎをつくることだから。

だから元は婚約者であった母上を側妃に入れ、側妃として召し上げられてから半年後に、母上は僕を身ごもった。

しかしだ、母上が僕を妊娠した後に、王妃様のご懐妊が判明。

ついでに言えば、生まれたのは双方とも男。

ここまでは、どこの国だって、この手のタイミングの悪さはよくある話なんだけど、問題は、国王陛下の側妃と側妃が産んだ子供に対する対応の悪さだった。

一目惚れして娶った王妃様が大事なのはわかる。愛する人の産んだ子供のほうが、可愛いもんね。でも、おめー、先に生まれた子供とその母親を放置って、それは夫として、そして父親としてどうなんだよ。

内心はともかくとして、自分の都合で婚約を解消し、王族の都合で側妃として召し上げた相手をさ、少しは尊重してもいいだろう。

普段のお渡りは全くなく、会いに来るとしても私的な会話は一切《いっさい》せず、何か話したかと思ったら、その内容は王妃様の素晴らしさを自慢することと、その王妃様に比べて母上が至らないことへの叱責だ。

いや、ほんと。屑野郎だよな、僕の父親。国王だけど。

母上と国王陛下の婚約は、当時の時世的なこともあるし政略であるのは確かだろうけれど、それでも母上は婚約相手に心を向けて尽くしていた、はず。

でなきゃ一度流れた婚約相手の側妃になるわけがない。

母上の実家としては、王家の都合で婚約者にされて、今度は国王陛下（当時は王子殿下）の都合で婚約を白紙にされたうえに、極めつけは王妃様に子供ができないから側妃に上がれって、そりゃねーだろーって話だ。

あ、ちなみに母上の実家である侯爵家は、母上だけしか子供がいなかったから、本当なら母上に女侯になってもらうか、婿を取って娘の代わりに侯爵家を切り盛りしてもらうかしなくちゃいけなかった。

でも母上がさぁ、盲目的に国王陛下に惚れてて、婚約者になるのも側妃になるのも喜んで受け入れちゃったらしいんだよね。

そしてこの現状だ。

あれ？　なんかこれって、どこかのお話にありそうなテンプレじゃないか？

国王陛下から邪険に扱われる側妃を母親に持つ王子様が、自分は愛されてないと拗《す》ねまくって、あれは嫌だこれは嫌だ我儘《わがまま》放題に成長した挙げ句、例えばたくさんの人がいる夜会なんかで、国王陛下に王命で決められた、家柄も容姿も性格も完璧《かんぺき》な婚約者の令嬢に婚約破棄を突き付けて、ご立派な人格者で地位も申し分ないイケメンヒーローに婚約者を横取りされて、ざまぁされる。

いやいや冗談じゃないよ。

冗談ではないけれど、僕の周囲ってどうにも不穏なんだよね。

その一番の要素が国王陛下なんだよ。

だって第一王子ほっぽって、王妃様との間にできた第二王子の教育に力を入れてるわけじゃん？　王位継承権は僕のほうが上だけど、国王陛下は王妃様の子供に、自分の後を継がせたいんでしょ？

だってロマンス満載な恋愛からの結婚で、そんな相手とつくった子供のほうが可愛かろうよ。王位にだって就かせたいよね？

でなかったら、母上はともかく、王位継承権第一位の僕を放置なんてありえない。

王妃様との間の王子を国王にしたいなら、僕、用済みじゃない？

母上が側妃に上がった頃ならともかく、今は、王妃様がちゃんと子供を産めるってわかってる。第二王子殿下に万が一があった場合のスペアも王妃様とつくればいい。

ラーヴェ王国の継承権第一位は僕だけれど、現状、それに見合った扱いはされていない。っていうか国王陛下は第二王子に自分の後を継がせたがってるし、僕の存在って邪魔なんだよ。そういう状況で、僕が王位継承権を持って、王宮に残ってる必要ってあるか？　ないんじゃないか？

僕が継承権放棄したほうが、国王陛下の第二王子を次の国王にしたいっていう望みも叶《かな》い、僕が大勢の前で問題起こしてざまぁされることもなくなる。そうしたら、全部綺麗《きれい》に収まるんじゃん！

よっしゃー！　王子様やめれば、ラノベ展開あるあるの、ざまぁフラグが立ってる王子じゃなくなる！

思い立ったが吉日、まずは母上を懐柔し、王宮から離脱させようではないか。

旦那からの愛を貰《もら》えないと嘆いている母上を、僕は悪魔のごとく、唆すことにした。


「母上、国王陛下のどこが好きなんですか？」

「え？」

僕の質問に、目を冷やしていた母上は何を言われたのかわからないと言うかのように、ぱちくりと瞬きをして、僕の顔をまじまじと見つめる。

「顔ですか？　まぁ、王家の人間ですからね。代々の婚姻も美醜込みでなされていたでしょうし、美形ではありますが……。でも、母上。世界には国王陛下よりも麗しいお顔の方、たくさんいらっしゃいますよ？」

「アルベルト？」

「いや、だって国王陛下って、顔以外の取りえ、どこにあります？」

「どこって……」

「母上に対する誠意が全くないですよね。あ、優しいっていうのは、婚姻相手としては、当然あってしかるべき要素ですから、取りえに入れるのはなしです。僕、国王陛下に父親として何かをしてもらったこともないですし、式典にも出てないから、あまり顔を合わせることもないですし、普段の声かけも……、微妙なんですよねぇ」

王族が自ら子育てするわけじゃないからさ、育児に関《かか》わってないのはともかくとして、じゃあ親として何をしてくれたかっていうと……、ごめんなさい。僕、国王陛下に何かしてもらった覚えが全くないです。

この宮に国王陛下がやってくるのは、本当に稀なんだけど、でもやってくる時って、重要な連絡を伝えに来るってわけじゃなくって、何かの連絡事項のついでに、母上を相手に憂さ晴らしをしてる感じに思えるんだよね。

だって、そんなのわざわざ言いに来なくたって、書面でいいじゃん？って感じの連絡を伝えて、そのあとに、王妃様と母上を比べる。ほとんど言いがかりのような文句だったり、気に入らない所を怒鳴りつけたり、嫌味を言うって流れになるんだ。

これってモラハラじゃないのかな？って常々思ってたんだけど、国王陛下と一緒に来てる人たちは何も言わないし止めないいんだよね。むしろ国王陛下を煽《あお》るみたいなことしか言わない。

その代わり、母上の傍にいる執事と侍女が剣呑《けんのん》な雰囲気になって、国王陛下達を追い出すまでが一連の流れになってる。

国王陛下は僕の存在を認識してないわけではないと思うんだよ。無視されているというわけでもないと思う。

ただなぁ……、なんて言ったらいいのだろうか。父親としての言葉をかけてもらった覚えが、全くないいんだよ。

母上や使用人から僕の話を聞いている様子もなく、なんだそこにいたのかって感じの視線を向けられて、「お前は王族なんだから、いつまでも甘えるな」みたいなことを言い捨てられるんだよね。

頭を撫でられたり、抱き上げてもらったり、目線を合わせて話しかけられたりってことが、一切ないいんだよ。王族の親子って、こういうものなのかな？

僕の髪の色と顔はコピーしたみたいに国王陛下に似てるから、僕が国王陛下の子供であることは間違いないのだ。そう考えると、国王陛下が親として僕にしてくれたことって、遺伝子提供ぐらいじゃないか？

「実は僕、国王陛下が自分の父親だと理解するのに、時間がかかりました」

僕の説明に母上は動揺しながらも、首を傾げる。

「……そう、なの？」

「そうですよ。だって僕に声をかけないし。声かけても親としての言葉じゃなく、王族だからといって甘えるなとか、勉強しろとか、そんな感じのことしか言われませんし。それで母上に対しては、怒鳴るか嫌味を言うかのどっちかじゃないですか。たとえ政略だとしても、お互い歩み寄りは必要ですよ。で、母上。国王陛下の良いところってどこですか？　どこを好きになったんですか？」

僕の問いかけに、母上は考えて、考えて、考え込んで、ようやくぽつりとこぼした。

「顔？」

なんでそこで疑問形なんだ。笑っちゃいけないんだけど笑っちゃうわ。

「やっぱり顔だけなんじゃないですか。もー、母上って面食いなんですから～。でも、母上、さっきも言いましたが、国王陛下は確かにキラキラしい顔をして美形ですけど、それだけですよね。言うなれば、美術品と大して変わりはありませんよ」

「美しいのはダメなの？」

「ダメじゃないですけど、足りないです。こんなこと言ったら、母上が傷ついちゃうかもしれないですけど、母上はちょっと男を見る目が……、残念だと思います」

「そ、う、かしら？」

「男の良さには、逞《たくま》しさ、ワイルドさというのもあるんですよ。それから包容力」

「ほうようりょく」

「国王陛下にそれはないですよね。少なくとも、僕、あの人から父親として守られていないですし」

この後宮にいる側妃は母上だけだし、後宮管理って普通王妃様がするもんだけど、そういうのもない。そこのところどうなってるんだろう？

母上と僕への支援も、国王陛下からじゃなくって、全部母上の実家の侯爵家からだ。だから本当は後宮に入れる男は国王陛下と、お渡りの時にくっついてくる護衛騎士だけなのに、僕らの身辺警護をしてくれる護衛騎士（男）はいるし、身の回りの手配をしてくれる執事（年配だけど当然男）も滞在してるし、側妃である母上が住まう宮の庭を管理する庭師（男）もいるし、料理長も当然のごとく男である。そして僕と母上の傍にいる使用人は、全部侯爵家が手配した人員だ。

だからここは、後宮っていうよりも、実質側妃宮なんだよ。

「母上は、ここにいても、幸せになれないです」

「ど、どうして⁉」

途端《とたん》に動揺する母上の緑眼をじっと見つめる。

「陛下がわたくしたちを愛してくださったらそんなこと……」

目をそらさず、じっと見つめ続ける僕の視線に、母上の言葉は途切れ途切れになる。

「わ、わたくしは、ずっと陛下のことを愛して……」

母上の瞳《ひとみ》が揺れ、涙がぶわりと浮かぶ。

「ずっと、愛して……」

「国王陛下は母上の愛に、何を返してくださいましたか？」

「あ、貴方を」

「そうですね、そこだけは褒められるところです。母上に僕を授けてくださったことだけは、感謝できます」

「アルベルト……」

「でも母上に愛を与えてくれるのは、国王陛下だけではないですよ。母上はちゃんと愛されてるじゃないですか」

「貴方に？」

「僕もですけど、もっと昔から」

「昔から？」

「母上が小さなころから、侯爵家のおじい様とおばあ様にです」

僕の言葉に、母上はあっと小さく声を漏らす。

「お父様……お母様……」

再びぽろぽろと涙をこぼす母上に、僕は優しく諭すように言葉を紡《つむ》ぐ。

「ずっと、ずっと、愛してくださってるじゃないですか。側妃としてこの場所に置かれている母上に、たくさんの支援をしてくださっているのはおじい様ですよ」

「お父様……。わ、わたくし、そう、お父様とお母様に、大事に、愛されて……。陛下の側妃になるといった時も、お母様はわたくしを離したくないと、後宮には送りたくないと、そう仰《おっしゃ》って……」

「そりゃぁ、掌中の珠である愛する一人娘なんですから、こんな冷たい場所には置いておきたくはないですって」

「でも、わたくしが、陛下のお傍にいたいと我儘を……」

「手放したくないですけど、母上が国王陛下のお傍にいたいという想《おも》いを酌まれて、ここに送り出してくれたのでしょうね」

「わたくし、お母様のことを悲しませてしまったのかしら？」

「いいえ、おばあ様だって、自慢の愛娘を国王陛下が愛してくださると信じて送り出したはずですよ」

まぁ現実はこうだがな。

「フルフトバールに……、美しいフルフトバールの領地に、お父様とお母様がいるフルフトバールに、帰りたい」

おっしゃー！　言質とったー!!　この勢いで侯爵に連絡の指示を出そうとしたタイミングで、勢いよく扉が開いた。

「リーゼロッテ!!　迎えに来たぞ!!　さぁ、フルフトバールに帰ろう!!」

国王陛下以外の男性禁止区域に、堂々とやってきたのは、母上の父親、僕のおじい様である侯爵だった。

扉近くにいる老齢の執事を見ると、こちらに向かって礼をとって、深々と頭を下げている。

お前かよ。いつ侯爵に連絡した。

「お父様……」

「おぉ、リーゼロッテ。なんてことだ、こんなにやつれてしまって。私の可愛い娘。フルフトバールに帰ろう。みんなお前の帰りを待っている。ヘンリエッタなど、すぐにでも連れ戻せと、毎日のようにせっついておるのだ」

「お母様が？」

「そうだ。毎日お前の心配ばかりしておる。あとのことは、この父にすべて任せておくれ。さぁ、ヘンリエッタが待つ我が家に帰ろう。ヤーナ！　このままリーゼロッテを我が家へ送り届けよ！」

おじい様の一声で、僕の乳母《うば》というか、母上の侍女である年配のお婆《ばあ》さんが駆け付け、泣いている母上を促し、さっさと連れ出していってしまう。

側妃の里帰りって、本当はいろいろ手順を踏んで、準備してからじゃないといけないはず。

でも母上と僕を放置してるのは、国王陛下だけではなく、その側近やら宰相やら上層部の面々もだ。誰もなーんも言ってこないし、ご機嫌伺いさえもしてこないんだから、側妃が無言で里帰りしたところで、文句はない、はず。

っていうかここまで、側妃をコケにするってことは、側妃の実家である侯爵家に喧嘩《けんか》売ってるようなもんなんだよなぁ。

「ヘンゼル、うちで用意したものすべてを引き揚げよ」

「御意に」

ヘンゼルと呼ばれた執事の爺さんに指示を出し、おじい様は僕と向き合った。

おじい様はフルフトバール侯爵

僕を見下ろすおじい様は、母上の前にいた好々爺《こうこうや》な雰囲気から一変。さすがは建国時から連綿と続いているマルコシアス家のご当主だけある。

「お久しぶりです、おじい様。随分と手際がいいですね？」

まるで前から準備していたみたいにね。

「ヘンゼルから、殿下が動かれたと、連絡がございましたゆえ」

驚いた。もしかして、僕待ち状態だったの？

確かに、母上側の人間の動きが、今まで何一つなかったのは、おかしいなぁとは思っていたんだよ。

母上や僕の周辺を固めているのは、母上の実家、マルコシアス家に仕える人ばかりで、それは当主であるおじい様の指示だったはず。

そこまでやってたなら、放置されていた母上をもっと早く連れ戻したはずだ。

でもおじい様は今までずっと動かず、僕らの様子を部下に見張らせてるだけにとどまっていた。

なんで？　動けない理由が、何かあったはずだ。

もしかして、僕と母上は人質だった？　何のための人質だ？

王家とマルコシアス家は敵対していなかったはずだけど、独立独歩でやっていけているマルコシアス家に脅威を抱いていたはずだ。ついでに母上の件で険悪にはなっているから、負い目がある王家は余計に警戒していたはず。

おじい様が僕らを無理やり連れ戻したとして、母上だけでなく僕までも国王陛下寄りだったら、王家にとってはマルコシアス家を突く絶好の口実になる。

僕の動向が読めなかったから、おじい様は動けなかったのか！

ヘンゼルから連絡があったって言っていたけど、誰《だれ》だそれは。

あの爺さんか。

いつも気配がなくて、気が付くと母上の後ろに立ってるんだよなぁ。歩いてるときも靴音聞こえないし、母上の護衛騎士とは違った感じの、無駄な動きがないっていうか。

母上を前にしたおじい様とは種類が違う好々爺なんだけど、なんか不気味なんだよあの爺さん。

あれだけできるんなら、マルコシアス家のほうで采配振ってそうなんだけど、『爺には激務でございますよ』って言ってんだよ。僕、何も言ってないのにさぁ。

あの爺さん、いつの間におじい様に連絡したんだ？　どうやって？　あ、もしかして魔導具か？

一応この世界、魔術も魔導具もあるらしいから、特定の場所だったら、即時に連絡できる。

に、しても、僕がなんだって？　僕が何かしたところで、おじい様がこんなにも早く母上を迎えに来る理由になるとは思えない。

もしかして僕、あの爺さんに監視されてたのか？

いつも僕の傍にいるのは、あの爺さんじゃなくって、性別が違うのに全く同じ顔をした双子の従僕《じゅうぼく》と侍女だ。

一応、あの二人は僕の子守りらしく、僕が一人で動き回るときは、二人そろってくっついてくる。

あの二人がなにか報告したのか？

そう考え込む僕に、おじい様は何かを探るような視線を向けてきた。

「リューゲン・アルベルト殿下。貴方は、我が娘リーゼロッテの子にして、我が孫のアルベルトでございましょうか？」

放置されていても僕は王家の人間だからか、おじい様は僕に対して砕けた物言いはしない。

いや、でもここにいるのって、全員おじい様が手配した人間だけしかいないんだし、別にかしこまらなくてもいいと思うんだけどなぁ。

「その心は？」

「昨日までの殿下とは、人が変わったかのように性格が違うと」

執事の爺さんにそう言われたわけか。

「昨日までの僕とは？」

僕の問いかけに、おじい様は口をつぐむ。逆に問い返されるとは思っていなかったのか。

とは言うものの、僕もね、自分が変化したことを隠しきれるとは思っちゃいない。

そう、さっきの、あの母上のヒステリーで置物やら花瓶《かびん》やらの美術品が壊された破壊音を聞いて、
僕はやっと自分の思考とこの体が一致した。

ついでに、今までの僕ではない、違う人の記憶がインストールされた。

それが前世の僕なのか、はたまたその世界の人間に憑依されたのか、いや後者ではないだろうな。

だってこの僕は、今までここで生きていた僕だ。

ただ、昨日までというか、さっきまでの僕は、このまま成長するにしても、不安だけしかない感じだったのは確かである。

前世の記憶がインストールされる前の僕は、はた目から見ると常にぼんやりとしていて、自分から進んで話すこともないし、何か能動的に動くこともなかった。

新しい記憶が湧《わ》いてきたけど、前の僕も今の僕も同じだ。人格的に何かが変わったということはない。

前の僕は意思表示をしていなかったから、周囲……特に王宮のほうの使用人たちには、少し足りない王子だと思われていたのではないだろうか？

だけど、かえってそれは、僕にとっては都合のいいあぶり出しだった。誰が敵で誰が味方なのか、それを判別するのに、丁度良かった。

王宮のほうの使用人たちは、僕に対して目に見えて無礼な態度をとっていたわけではなく、むしろ異様なほどに煽《おだ》ててきた。

何やっても怒らないし、叱らないし、みんなにこにこ笑って『まぁ、殿下素晴らしいです』『さすがは殿下でございます』こればかりだ。

なんの教育もされていないくそったれな子供に、あたりさわりのない、無意味で優しい言葉だけをかけ、持ち上げ、虚栄心を煽《あお》る。

あぁ、もうこれは、王宮事情を知ってる人間なら、すぐにわかるだろうね。

バカを作ってるんだなぁって。

ラーヴェ王国の王位継承権の第一位は、国王陛下の第一子が持つことになっている。

その第一子を産んだ胎が、王妃胎だろうと側妃胎だろうと、どちらであろうとかまわない。

国王陛下の第一子が王位継承権の第一位で、成人の儀が立太子の儀になり、自動的に王太子になるのだ。

つまり、国王陛下は、王妃様が産んだ第二王子を次代の国王にするために、側妃が産んだ邪魔な第一王子を、どうしようもなく傲慢で尊大な性格になるように、誘導しているのだろう。

情操教育皆無の僕は、母上がヒステリーを起こせば、どこかへ逃げ隠れるか、なにをどうしていいかわからず、暴《あば》れる母上をぼんやり見るだけだった。

それが、声をかけて寄り添って慰めて、挙げ句に『あの旦那、必要？　捨ててもよくない？』なんて、唆しだしたのだ。

泣いている母親に対して、どうすればいいかわからず、結果何もしなかった、今までのリューゲン・アルベルトとは思えない言動。

悪魔憑きと疑われても仕方がない。

いや、憑いたのは悪魔ではなく、前世の僕で、しかもこの世界よりも、もうちょい発展した時代で生きてた人間なんだけど。

「僕は僕ですよ。ただ、んー、そうですね。頭の回線が繋《つな》がったんです」

おじい様を見上げ、臆することなく発言する。

繋がったのは、思考と肉体だ。でもこの説明は間違ってもいないだろう。

「かいせん？」

「切断されていたものが接続された、って言えばわかりますか？　だから、僕の置かれてる状況や、母上の処遇が、ちょっとどころか、かなりおかしいなぁっと気が付いちゃったんですよ」

僕の返答に、おじい様は驚愕《きょうがく》の表情を浮かべ、そしてひざを折り、頭を下げた。

「私の力及ばずに殿下に不遇を強いたこと、大変、申し訳なく、伏してお詫び申し上げます」

おじい様はきっと、母上だけではなく、僕の境遇に対しても憂いていたんだろう。

だって、僕は第一王子で、もう六歳になるのに、側妃宮に捨て置かれている状態なのだ。

普通はさ、国王陛下の直系の血筋、しかも第一王子をいつまでも母親の、しかも側妃の傍に置いておくはずないのだ。

本来なら生まれてすぐに王子宮に移し、それこそ赤子のうちから、王族としての情操教育やらマナー教育やらを受けさせる。

母親の傍に置き、王族としての教育も受けさせず、ただただ放置してるということは、それが国王陛下と愉快なお仲間たちの、第一王子である僕に対しての答えなのだろう。

いくらおじい様が建国から続く名家の血筋で、国の重鎮である侯爵であったとしても、継承権第一位の僕のことに迂闊《うかつ》に口を出したりしたら、フルフトバール侯爵が王権を狙《ねら》っているとも捉《とら》えれかねない。

「僕は貴方をマルコシアス・フルフトバール侯ではなく、おじい様と呼んでいますよ」

僕は、王族の第一王子ではなく、リーゼロッテ・ユーリア・マルコシアスの息子でありたいのだと言外に含めると、おじい様は目を潤ませて僕を抱きしめた。

「アルベルト！　遅くなってすまなんだ！」

「いいえ、充分に、間に合いました」

そう、まだ間に合う。

王家は、国王陛下と愉快なお仲間たちは、僕をバカに仕立て上げようとしている真っ最中だ。

思考と肉体が繋がっていなかった僕は、常にぼんやりとしていたけれど、奴《やつ》らは将来僕が王族らしからぬ行いをしでかす愚か者になることを望んでいる。

だからこそ叱らない虐待を施し、自尊心を持ち上げ、虚栄心の塊になるように誘導しているのだ。

でもそれはまだ途中段階。

僕の回線は繋がって前世を思い出した。

この王族から一抜けするには、まだ充分に間に合う。

国王陛下とご対面

腐っても王族の血を引いている僕が、その日のうちにマルコシアス家に移動するわけにはいかない。

一応、これでも、国王陛下の第一子で、王位継承権第一位の持ち主だ。

正統なる貴き青い血の王族をホイホイと外に出したら、後々王家の後継問題に混乱を招くだろうし、王族の僕が王宮からなんの保護もされず外で何かあったら、諸外国からあの国と王家は、王の血を何だと思っているんだと、白い目で見られる。

だから、いらないものとして捨て置かれていても、僕が王城を出るとか、王族から離籍するには、いろいろ明文化した取り決めが必要になる。

手間も時間もかかるだろうけれど、僕の現状を見れば、難航するわけでもない。

一番の強みは、僕の状況だからね。

おじい様はここに来る前に、国王陛下と宰相閣下に、側妃の件でという接見の先触れを出していて、これから会いに行くらしい。

母上への処遇を持ち出して、宿下がりという名目で連れ戻すそうだ。無理なら、王宮での慣れない生活に心労が絶えないので、保養の里帰りにするとのこと。

そしてそのまま王城に戻さず、離縁させる。

父親が娘の境遇に腹を立てるのは当たり前だし、ここまでコケにされているなら、連れ戻しの要請は、妥当な流れだ。

きっと母上のことは、何の横やりも入らずそのまま通されるだろう。

おじい様はそれだけではなく、僕のことも言及し、マルコシアス家で引き取る流れに持っていく算段である。

おじい様が僕を獲得できる勝率は半分、かな？

いや、おじい様だって海千山千の相手方とやりあって、マルコシアス家の当主と、フルフトバール侯爵位を保守しているやり手だから、そうやすやすと諦《あきら》めたりはしない。

問題は国王陛下と愉快なお仲間たちが、何を考えて、どう出るかってこと。

今までの放置っぷりから見るに、渡りに船で、こっちの要求をのんでくれそうな気がするんだけど、でもあの人たち、わざと僕をバカに仕立てようとしてるじゃん？

将来、第二王子が王位に就くための踏み台にさせそうな感じ、あるよね？

ほら第二王子の優秀さを見せつけるために、わざと劣ってる僕を傍において、国王陛下と愉快なお仲間たちの画策を知らない、発言力の強い貴族たちに、『どう？　どっちが優秀？』『虚栄心の塊のバカな第一王子よりも、清廉潔白で頭脳明晰で優秀な第二王子のほうが国王に相応《ふさわ》しいよね？』って知らしめるやつ。

僕が国王陛下たちの思惑通りに成長して、どこかのパーティーで『婚約破棄だぁ！』なんてやったら、みんな『やりやがった、あのバカ王子！』って思うでしょう？

それを狙《ねら》ってると思うんだよ。

国王陛下たちはそれを見越して、僕を歪《ゆが》ませようとしてるんだから。

だから、勝率半々。

話の持って行き方によっては、おじい様の要望は却下されるかもしれない。

ただ、こっちが継承権第一位をどうぞどうぞってやって、すんなり継承できる土台を作ってやってるのに、さらに踏み台として残しておく意味があるかってことだよ。

不確定要素の塊なんだよ、あの国王陛下と愉快なお仲間たちは。

それに、自分のことなのだから、どういう話し合いをするのか、僕は知りたい。

だから、おじい様と一緒についていくことにした。


今回は、側妃、娘の処遇に物申すってことで、接見の部屋ではなく、国王陛下の執務室でのお話し合いをするそうだ。

そこへ爺バカよろしく、ほくほくとした満面の笑みで、僕を抱っこしながら入室したおじい様に、国王陛下だけではなく、宰相閣下も面食らったような表情で出迎える。

いや、僕もね、抱っこはないのではと思ったんだけど、今まで可愛《かわい》い孫に何かしたくても何もさせてもらえなかったんだから、じいじ孝行をしておくれって懇願されちゃぁねぇ？

なんでも友人知人から、孫可愛い自慢やらを聞かされていたそうだ。

おじい様は自分にだって孫がいるのにそれができず、ずっと歯がゆい思いをしていたらしい。

どうせ今日は連れ帰れないのだから、せめている間だけでも孫活させてくれと言われてしまったので、好きにしてもらうことにした。


「王国の太陽にご挨拶《あいさつ》申し上げます」


ご挨拶は、もっとこう、対象者に礼をしながらするものでは？

僕を抱っこしているから、胸に手を当てることも、頭を下げることもしない。おじい様の尊大な態度はわざとだ。

おじい様は、もうずっと、国王陛下と愉快なお仲間たちに、お怒りだったので、ご挨拶でもおめーらに下げる頭はねーよっていう気概である。むしろ、おめーらがこっちに頭を下げて詫びいれろよって、そんなお気持ちでいっぱいだ。

母上はおじい様にとっては最愛の娘。マルコシアス家の唯一の姫君。婚約だってさせたくなかったし、側妃にだって上げさせたくなかった。

王家が母上にした仕打ちを考えれば、下にも置かない扱いでなければならなかったというのに、国王陛下は……王宮は、そのマルコシアス家の姫君を貶めた。

貶めたというのは言い過ぎかもしれないけれど、側妃になる前のことや側妃になる事情を考えれば、放置なんてことはできなかったはずなのだ。

にもかかわらず、国王陛下も王宮の人間も、母上を利用するだけ利用して、挙げ句に放置を続けている。

そんな扱いをされて、マルコシアス家の当主であり、フルフトバール侯爵のおじい様が黙っているわけがない。

母上を粗末に扱っていれば、おじい様がこうやって特攻してくることは、国王陛下たちも予想できたことだろうに。

「本日は、ご報告に参りました。どうやら我が娘は、側妃として至らぬようで、皆々様に多大なるご迷惑をおかけしているご様子。これ以上そちらのお手を煩《わずら》わせるのも忍びない。本日を以て、宿下がりをさせていただきます」

ジャブで様子見どころか、いきなり腹に一発ストレート打撃。

母上の宿下がりをおじい様は強引《ごういん》に押し通す気だ。

「そうそう、我が娘が宿下がりをいたしますと、側妃宮には人がいなくなりますからなぁ。第一王子殿下のお世話をする者がいなくなってしまいますので、娘ともども我が家でお世話をいたしましょう」

そこまで言ってようやく正気付いたのは、宰相閣下のほうだった。

「お、お待ちなさい、マルコシアス卿！」

おじい様の怒涛の発言に待ったをかけて、会話の主導権を取り返そうとしてくる。

「リューゲン殿下はラーヴェ王国の王位継承権第一位をお持ちになっている第一王子殿下です。許可なく王城から連れ出すことはまかりなりません」

「しかし、我が娘は宿下がりいたしますし、そうなると殿下のお世話をする者がいなかろう？　どうされるので？」

国王陛下と愉快なお仲間たちは、おじい様の発言の意味、わかってるかな？

おじい様はさ、後宮であるにもかかわらず、我が家から使用人を派遣しなければ、誰《だれ》も側妃の世話をしないいんだけど、どういうことなのかって嫌味と、僕がラーヴェ王国の第一王子だっていうなら、王子宮ではなく側妃宮にいるのはおかしいだろうって言及してるんだよね。

宰相閣下はおじい様の嫌味に気が付いたようで、顔をひきつらせ、剣呑《けんのん》な眼差《まなざ》しを国王陛下に向ける。

「陛下、どういうことでしょうか？　以前、第一王子殿下をいつ王子宮に移されるのかと私が申し上げた時に、『宰相は宮中内のことに口を出す権限はない』と仰せになりましたよね？　宮中大臣からもこちらに何も連絡が来ていなかったので、第一王子殿下は王子宮に移されたのだと思っておりましたが、違うのですか？」

あ、そうだった。基本的に宰相が政務を執るのは国内や諸外国へのもので、王宮や王族の管理や采配は、違う組織が行うんだった。

なんか、思っていたのと違う反応だな。

僕の現状がああなのは、てっきり国王陛下と宰相閣下が結託してのことだと思ってたんだけど、違うのか？

この様子だと、宰相閣下は国王陛下の愉快なお仲間ではないようだ。

なら、母上と僕が放置されていたのって、国王陛下と王妃様に対する、宮中組織の忖度だったのか？

そんなのある？

我が国は君主制だし、国王陛下の是非でまかり通るところがある。

たとえ宮中組織が、国王陛下と王妃様へ忖度していたとしても、次代の国王になる王子とその母親である側妃を放置するのは、ありえないんじゃないか？　組織としてこれは許されることなの？

王族の血を引いてる僕に対して、それは不敬になるんじゃないの？

「ハント卿、フース卿、卿らは今まで何をしていたのですか⁉」

宰相閣下の叱責は、国王陛下の側近たちにまで飛び火した。

「陛下のこれは、第一王子殿下に対する処遇ではないでしょう！　親でありながら、明らかな不遇をリューゲン殿下に強いる陛下を諫《いさ》めずして、何が側近か！　恥を知りなさい‼」

その通りなんだけど、なんか話がズレていきそうな気がするわ。

ちらりとおじい様を見ると、おじい様も同じように思っているのか、しかめっ面で国王陛下と愉快なお仲間たちを睨《にら》みつけている。

ですよねー、そういうことは内輪でやっとけ。

僕とおじい様の主題は、母上の宿下がりと、僕を王家から引き抜いて、マルコシアス家入りさせること。

こっちのほうが重要だし、国王陛下たちの内情なんざ、どうでもいい。

ズレていく話題を元に戻させるために、僕は国王陛下たちに声をかける。

「一つお聞きしたいのですが、よろしいでしょうか？」

僕が発言すると、国王陛下並びに愉快なお仲間たちと、宰相閣下が、こちらに注目した。

国王陛下がこいつ喋《しゃべ》れたのかっていう顔をしているのは、珍しく国王陛下に声をかけられて返事をしなくちゃいけない時に、『はい』『いいえ』ぐらいしか言わなかったからだ。

愉快なお仲間の側近たちに声をかけられても、うまく意思表示ができなかったのもあるけど、単にこいつらと口を利《き》きたくなかったっていうのもあって、返事もしなかったし、ただひたすら沈黙を守っていた。

でも今はちゃんと喋れるしな。あと、おめーらが僕を貶めるようなことを言ってきても反論できるし。

一番意味不明なことをやらかしてくれている人物、国王陛下に質問した。

「国王陛下は、第一王子である僕をどうしたいのでしょうか？」

予想はしているけど、それが正解とは限らないでしょ？

何か理由あってのこととは全く思ってないけど、僕としては自分の考えがあっているという確証が欲しい。

だからそう訊《たず》ねてみたら、名指しされた国王陛下は、ピクリと反応するものの、すぐに何かを言ってくることはない。

僕がおじい様とこの部屋に入ってきてから、国王陛下はまず僕が一緒にいることに驚いていた。でも声をかけるわけでもなく、いつも通り存在を無視してくれやがって、おじい様の母上と僕への処遇に対する陳情と、宰相閣下とのやり取りに、思考が付いていけないのか、ただ茫然と二人のやり取りを見ているばかり。

そこに無視している僕から、ピンポイントでこの質問だ。

宰相閣下だけではなく、おじい様もいる前で、今までのようにいないものとして扱うわけにはいかんだろう。

ほら、さっさと質問に答えんかい。

この質問の返答が聞きたいのは、おじい様も同様だし、宰相閣下もだろう。

なのに国王陛下は、動揺か困惑かはわからないけど、僕のこの態度があり得ないと言わんばかりの様子だ。

んー、何そんなに驚いて……、あっ！　そうだった。

国王陛下ってば王妃様との間にできた第二王子を王太子にしたいから、僕を王族らしからぬ、我慢ができない愚か者に育つようにしてたんだった。

なるほどね。だから、この部屋にやってきた僕が、おじい様の腕におとなしく抱かれていたのに驚いてたのか。

いや、でもさぁ。もともと僕の回線は繋《つな》がってなかったから、知能に問題があるような頭の足りない王子様って感じだったでしょ？

国王陛下と愉快なお仲間たちが望んでいたのって、虎の威を借るなんとやらのように、周囲に対して傲慢な態度をとる、そういうどうしようもない王子だ。

王子だから自分は偉いとか、父親には愛されていると勘違いして、何やっても肯定してもらえるとか、そんな驕《おご》り高ぶっているバカにさせようとしている真っ最中なのに、僕はどちらかというと、話を聞いているのかいないのかわからない、ぼんやりとした様子だった。

今ここにいる僕は、国王陛下が望んでいる第一王子像とは程遠い。

残念だったね、思い通りにいかなくってさ。

それより、はよ、質問に答えろや。答えはわかってるけど、こっちだって予定っつーもんがあるんだよ。

「陛下、リューゲン殿下のご質問に、お答えいただきたいのですが？」

宰相閣下に促されても沈黙してる国王陛下に、おじい様は剣呑な眼差しを向け、促した宰相閣下もどうなってんだって胡乱《うろん》な様子だ。

まぁ、答えられませんよねぇ？　いらない第一王子を合法的に処分するために、バカに仕立て上げようとしてた、なんてさ。

僕的には、これが正解だと思ってるんだけど、ここではっきりさせておかないと、この先の僕の人生設計に横やり入れてきそうな気がするからね。

「お答えいただけないなら、こちらから質問させていただきます。違う場合はちゃんとお答えくださいね」

ここまでお膳立てしてやったんだから、ちゃんと答えろよ。

黙ってたらこっちの都合のいいように話を進めていくからな。

宰相閣下は国王陛下の愉快なお仲間ではなかったけど、このやり取りの証人として、強制参加だ。

親子間の泥沼に巻き込まれて可哀想《かわいそう》だとは思うけど、でもその国王陛下の首に鈴をつけてなかったのは、宰相閣下の落ち度だからね。

先に国王陛下の手足を封じよう

「まず、今まで、僕が王宮内で何をしても、誰《だれ》一人として諫《いさ》めることはありませんでした。下級の近衛騎士や侍女なら、それも仕方がないでしょう。彼らが僕に直接声掛けすることは禁じられてはいませんが、心情的に不敬を気にするでしょうから。しかし、王宮の侍従長や侍女長、それからそこにいる国王陛下の側近たちさえも、好き勝手に動き回る僕に対し、何の注意もありませんでした。それどころか、下級の騎士や侍女が勇気をもって諫めようとすると、僕に対する不敬だと叱りつけ、僕には『貴方は悪くないし、何をしても許される身なのだから、ああいった者の言葉に耳を傾ける必要はない』と吹き込んできました。これは国王陛下、貴方のご指示なのでしょうか？」

僕の告げた内容に、おじい様と宰相閣下の表情が厳しくなる。

そりゃねぇ、もうこれは明らかに作為がある行いだ。しかも特大の悪意まで混ぜ込んだ、継承権第一位を持つ第一王子に対する背信行為である。

真っ当な侍従や侍女ならば、道理から外れようとする第一王子を諫めることはあれど、それを増長させるようなことはしない。

誰に唆されようともだ。

でもその命を下した相手が、この国のトップだったら？

大きな権力からの圧力に、木っ端な使用人は逆らうことなんてできやしない。

自分の身だけではなく、家族がいたら、親兄弟、妻子に何かされるのではないかという恐怖もあるだろう。

大きな権力は、簡単に、有ったモノを無かったモノにできるし、それが誰かの手による作為的なものではなく、不幸な事故だったなんてことにもできるのだ。

さぁ、どんな返事が来るかと思ったら、国王陛下はしれっとした表情で、自分は全く関係ありませんという雰囲気を前面に押し出して答えた。

「そんなことは知らん。私はそんな指示を出してはいない」

さすがは国のトップ張ってるだけはある。面の皮が厚い。腹の探り合いには慣れっこってところだろう。

でも言ったな。おめー、それ、自分への首絞め行為だからな。

「では宰相閣下、王宮の侍従長と侍女長に、聞き取りをお願いします。国王陛下の指示ではないなら、なぜ僕にそのようなことをしたのか、調査する必要がありますよね？」

偶然だとか思い違いだとか、そんなふうに片づけたりしない。

「調査をしないのであれば、これは明らかに王位継承権第一位の者に対する背信行為だと言わせてもらいます。王宮内の使用人教育はどうなってるんですか？」

「侍従長と侍女長を連れてくるように」

宰相閣下は自分の従僕《じゅうぼく》に指示を出す。

国王陛下も国王やってるんだから、そこまでバカじゃねーだろう。最悪、侍従長と侍女長は、トカゲのしっぽきりよろしく、見捨てればいいと思ってるはずだ。

でも、それだけで済ませてやらねーわ。

お次は、おめーの手足をもぎ取ってやんよ。覚悟しろ。

「そちらの国王陛下のご側近たちのお答えを聞かせてください。直答、許しますよ。国王陛下は王宮内の上級使用人たちの、僕の人格形成の阻害を知らなかったようですが、貴方たちとは三日前に会っています。その時に起きたこと、忘れたとは言いませんよね？」

三日前、王宮の庭に咲いていた花を勝手に折った僕を叱ってくれた庭師がいた。

『そんなことをなさってはいけません。花が欲しければこの爺に仰《おっしゃ》ってください。殿下のために一等綺麗《きれい》な花を献上させていただきます』

そう言ってくれた庭師に、この愉快なお仲間たちは、『王子のやることに、異議を唱えるのは無礼であろう』と言って、僕の前から下がらせた。

たぶん後で、庭師には『第一王子は癇癪《かんしゃく》持ちだから、怒らせたらお前を首にしろと言い出しかねない』的なことを言ったんじゃないかな？

僕が癇癪を起こして周囲に八つ当たりしたことはないんだけど、こんなのは言ったもの勝ちだ。

僕を貶め評判を下げつつ、庭師に人道的な行いをさせなかったことを誤魔化《ごまか》す、一石二鳥なやり方だね。

そして僕には『殿下は貴きお方ですから、些事にこだわることはございません。何処《どこ》であろうとお心のままに、お好きになさってください』と言ったのだ。

あの時の僕は、まだ今の僕ではなかったので、思考のほうでは、何言ってやがるんだこいつらと思っていたけれど、感情のほうが、奴《やつ》らの誘導通りに歪《ゆが》みかけていた。

怒られなかった、よかった、嬉《うれ》しい。って感じだったかな。

今こうやって回線が繋《つな》がっている状態なら、いやそこは怒られなきゃいけないんだよ。勝手に花を折ったのは僕が悪いんだからって思えるんだけどね。

たかが花、されど花。

悪いことをしても諌めない、明らかにやらかしている、国王陛下の愉快なお仲間たち。

質疑応答は国王陛下だけだと思ってただろう? 自分は蚊帳の外だと思ってただろう? 残念だったな、おめーらも道連れだ。

ほら、王族の僕が、直答許してんだぞ。答えろや。

「あ〜……、まいりましたなぁ」

ハント氏かフース氏かわからんが、全体的にチャラい感じの側近が、へらへら笑って頭をかく。

「何か誤解があるようで」

「どんな?」

間髪を容れずに聞き返してやる。

その状況で、なんの誤解があるんだ。

「どんな誤解なんですか？」

さらに突っ込まれるとは思ってなかっただろう？

なぁ、ここにきて、お前はまだ僕が、三日前にお前と会った僕と同じだと思ってるのか？　あの時のように簡単に丸めこむことができると思っての発言か？

僕に対しての、なめくさりやがってるその態度が、雑にあしらうことができると自惚《うぬぼ》れているその様子が、猛烈に気に入らない。

僕の切り込んだ問いかけに、チャラ側近は気圧《けお》されたのか、へらへら笑いを引っ込める。

「ですから、殿下はご自分の気に入らないことがあれば、すぐに癇癪を起こされるではないですか」

「いつ僕が癇癪を起こして周囲に八つ当たりをしたことがありましたか？」

こうなる前の僕は、思考と肉体が一致していなかった。いつもぼんやりして、人の話を聞いているかいないかわからない。そんな状態だった。

そして癇癪持ちで八つ当たりをするなんていう事実無根の流言を流布《るふ》されたとしても、頭の足りない僕が、否定することもない。

「そ、そんなのっ」

チャラ側近が最後まで言い終える前に、もう一人のモノクルを着けた神経質そうな側近が、国王陛下のデスクの上に置いてあったペーパーウエイトを握りしめると、その握りしめた拳《こぶし》で、チャラ側近の横っ面を思いっきり殴り飛ばした。

うっわ、殺意高っ。

「なっ、お前！　エルンスト！　なにをするんだっ！」

「黙れ。口を開くな。騒いだらもう一発殴る」

ペーパーウエイトを握りしめた手を振り上げるモノクルの側近に、チャラ側近が殴られた場所を押さえ、青ざめた顔で何度も頷《うなず》く。

チャラ側近のそれを見て、モノクルの側近は持っていたペーパーウエイトを元の場所に戻し、僕に向かって頭を下げた。

「大変申し訳ございません。殿下に対する一連の対応は、我々の勝手な判断でございます。処分はいかようにもお受けいたします」

うまいなぁ。自分が悪いってことを前面に押し出して、重要な動機をうやむやにしたよ。

「ハント卿、それは答えになっていませんよ」

だけど宰相閣下は、それを見逃すほどお優しい人ではないようだ。

「リューゲン殿下を歪ませようとした動機は何ですか？」

ですよね～。聞いちゃうよなぁ。

モノクルの側近は渋い顔をしたまま続けた。

「王妃殿下のお子である第二王子殿下に、王太子になっていただくためです」

予想通りのお答えでした。

継承権放棄します。ついでに王族もやめます。

よかったねぇ国王陛下。僕を歪《ゆが》ませる画策してたのは自分たちだと、泥を被《かぶ》ってくれる忠義に厚い側近がいて。

「なるほど、王室典範で定められた王位継承の制度を無視して、私情で王位継承権第一位の僕を排除しようとしたんですね。国王陛下は側近の謀反をどうするおつもりですか」

実際の首謀者は国王陛下でも、側近が「自分がやりました」と名乗り出てしまったのだから、主犯は国王陛下の側近だ。

そして、やらかしたことの重大性を考えれば、謹慎で済ませられないっていうのに、ここにきて寝ぼけたことを言い出したのは国王陛下だった。

「謀反などと……。そんな大袈裟なことではないだろう」

そりゃぁ、国王であるおめーはそうだろうけど、やったのは、おめーじゃなくってそこの臣下ってことになってんだから、立派な謀反になるんだよ。

考えが、至らないというか、これは……。

「覚悟が足りていない」

んだろうな。きっと。

僕の言葉にどういうことかと、宰相閣下が無言で圧をかけてくる。

「リューゲン殿下、そのお言葉の意味は？」

「そのままですよ。国王陛下は、自分の臣下のしでかした罪が、王族を害したものだという認識ではいらっしゃらない。臣下が重罪を犯したと受け止める覚悟が足りていない」

本当は、僕が自分と同じ王族として取り扱われることがすっぽ抜けているから、僕に対しての不敬が表沙汰になったときに、身代わりが重罪を犯したことになる覚悟ができていない、になるんだけど。

僕の回答を聞いて、国王陛下たちはなにをやっているのだとガチギレしたのは、やっぱり宰相閣下である。

「陛下、事の重大性、ご理解しておりますか？　貴方、ご自分が一国の王であるご自覚は？　貴方のお子が、王位継承権第一位の殿下が、次代の国王陛下が、害されたのですよ？　害した相手が貴方の仲の良い親友だからといって、なかったことにできるとお思いですか？　貴方が許しても私どもは許しませんよ？　ハント卿もフース卿も極刑に処される行いをしたとご理解してますか？　王族に対しての侵害です。斬首一択ですよ」

宰相閣下の発言に、ようやく国王陛下の表情が崩れ、チャラ側近のほうも顔が青くなった。

こんな回りくどい手を使わずに、母上ともども僕をズシャァすれば、疑惑は持たれても、いろいろと楽だったよね？

その手を使わなかったのは、よっぽどの甘ちゃんなのか、それとも自分の手を汚すのが嫌だったのか。

いや、もしそれが行われるとしても、実行犯は王家の汚れ仕事をしてる誰《だれ》かだ。手が汚れる心配なんかする必要ない。

なら、指示したのが自分だって証拠が残るのが嫌なのか。

こんな回りくどい方法をとったのは、自分の国王としての経歴に、妻殺し子殺しの瑕疵《かし》をつけたくなかったからかな？　知らんけど。

「とりあえず、王宮内での僕の扱いが、そちらのご側近たちの忖度であったことは理解できました。で、国王陛下。貴方はその忖度のことはお気づきになっていなかったんですか？」

気づかないなんてありえない。

たぶん宰相閣下もこの話には裏がある、主犯は側近ではなく国王陛下なんじゃないかって、思うはず。

だけど僕の質問に答えない国王陛下。さっきも言ったけど、黙ってたらこっちの都合がいいように話を進めていくぞ？

「なるほど。それも知らなかったんですね。国王陛下のお考えはよくわかりました。では、本日をもって、僕はリューゲンの名前とア＝イゲルを返上します。宰相閣下、王位継承権を放棄しますので、王籍から僕の名前を抜くように手配をしてください」

「リューゲン殿下!! 何を仰《おっしゃ》るのですか!!」

自分の声の大きさに気が付いたのか、宰相閣下は咳《せき》ばらいをして続ける。

「リューゲン殿下、貴方には王族としての義務がございます」

「空々しいことは言わないでもらおうか」

今までずっと黙っていたおじい様が、低く唸《うな》るような声音で吐き出した。

「王族の義務だと？ ではその王族を管理している王宮は、我が娘である側妃と第一王子殿下に何をしてくれたのだ？ 言っておくが、側妃と殿下にかかった費用は、すべて我がマルコシアス家が出している。王宮からは小銅貨一枚も頂いてはいない。相応の待遇もせず、義務だけを押し付けるつもりか？」

それを持ち出されたら、さすがに何も言えないでしょう。って思ったら宰相閣下は、それさえも初耳だったようだ。

「側妃様とリューゲン殿下に費用が支給されていない？ そんなバカな……」

「財務大臣を呼んで、気がすむまで調べればいい。出てくるのは王宮側の腐敗と埃《ほこり》だらけだろうがな」

側妃の扱いも僕の扱いも、ちゃんと王室典範に沿った扱いをしてれば、こんなことにならなかったのにね。

この様子では、国王陛下はちょっとつつけば、あっさりこっちの要求をのむ気がするけれど、問題は頭カチコチの宰相閣下だよなぁ。

いや、宰相閣下の立場や言い分が、わからないわけではないんだよ。

っていうかね、国王陛下が私情にかられず、王室典範に記載されている王位継承権を諾《だく》として、僕の待遇をちゃんとしていれば、こんなことにならなかった。

しかし現実は、この通り。側妃と第一王子は放置され、王宮の使用人たちは仕事を放棄しているのだ。

それでも、宰相閣下は第一王子の僕を次期国王としてみているから、おじい様の言い分を通すわけにはいかない。

この部屋にいる人間で、僕が国王になることを望んでいるのは、宰相閣下以外誰もいないんだよね。


「宰相閣下。貴方の懸念、ご心配事は、後の王位継承者への不安ですか?」

僕の問いかけに宰相閣下は視線を向けてくる。

「確かに王室典範で定められている王位継承は第一子ですが、過去国王となった王族の中では、第一子でなかった者もいるはずです」

「それとこれとは話が違います。リューゲン殿下がご存命で瑕疵がないにもかかわらず、王位に就けないことが問題なのです」

「本人が継承権の放棄を望んでいます」

「……六歳児の言動を真に受ける大人はいません」

くっそぉ、手ごわいなぁ。宰相閣下さんよぉ。

それでもって、宰相閣下の言ってることは、確かにその通りなんだよね。

普通、六歳の子供が王様にならないもーんと言ったとしても、五年後、十年後にはそんなことを言った覚えはないと、当時のことを忘れているのが大半だ。

六歳児の発言には、信憑性がない。

今の僕は前世の記憶があって、精神年齢が六歳児ではなく成人男性と同じ。

王様にならない発言を撤回するつもりもないし、これから国王ではない道を進むために、あれこれ動くつもりでいるんだけど、そんなのは宰相閣下の知るところではない。

「では誓約書、作りましょう」

なのでもう一手、僕が王家と縁を切るための札を出した。

「リューゲン・アルベルトは、十八歳の成人をもって、国王陛下が名付けられたリューゲンの名前と、ア＝イゲルを返上し、王位継承権を放棄。のちの継承権の混乱をきたさないために、僕の血を引く者はラーヴェ王国の王位継承権を持てないものとする。この提案は当事者であるリューゲン・アルベルトがしたものである。これを明文化し、国王陛下と宰相閣下、そして実質的な僕の後見人であるおじい様のマルコシアス・フルフトバール侯爵、当人である僕のサインをし、国王陛下と宰相閣下、おじい様の三者で書類を保管する。作成した書類には神殿誓約を織り込む。以上でどうですか？」

文章として残して、おまけに神殿誓約で縛る。

神殿誓約は交わした誓約に違反したら、それ相応の代償が、破ったほうに降りかかるというものだ。神罰の一種とみていいかもしれない。

言ってない覚えてないなんて言う逃げ道を自らふさいだのだ。

これなら文句もあるまいと笑顔を見せる僕に、宰相閣下はスンとした表情で僕とおじい様を見比べ、そしておじい様に訊ねる。

「マルコシアス卿はそれでよろしいのか？」

貴族しかも侯爵位を持つ高位貴族なら、たいていは野心があり、自分の娘が王の子を産んだなら、なんとしてでも次期国王陛下にさせたいと思うのも当然だろう。

っていうか、通常はそんなもんなのだ。

宰相閣下はそれを期待したのかもしれない。

だけどおじい様は違う。


「かまわぬから何も言わないのだが？」


富も名誉も持っているおじい様は、王権に興味もなければ、魅力も感じていないのだ。

だから母上に、国王陛下の寵愛を得よなんて命令はしなかった。

「ご自身の血を引くリューゲン殿下を王にと望まれたくは」

宰相閣下の言葉はおじい様の逆鱗に触れた。

「私はもとより王家との縁を望んではおらん」

声を荒らげたりはしていないが、宰相閣下の発言を途中で遮《さえぎ》り、怒気をあらわにして言い放つ。

「それを陛下との婚姻に釣り合いの取れる貴族の娘が、我が子しかいないという理由で、婚約を王命で下され、陛下が隣国から嫁を娶《めと》ると言って白紙にされ、その嫁に子ができないから側妃になれとこれまた王命が下されたのだ。それらのことは、こちらから是非にと言ったことも、それを望んだこともない。ここまでコケにされた屈辱が、殿下の王位程度で収まるとでも？」

暗に、おじい様の望みは、僕が国王になることではなく、マルコシアス家を踏みつけてくれた国王陛下の首だと言っている。

それを明確な発言にしていないから、不敬罪は適用されない。

そしておじい様の発言の裏に隠された意味に気づいたであろう宰相閣下は、顔面蒼白になった。

「本人が要らんと言っているのだ。子供の発言を真に受けることはできぬというから、神殿誓約付きの書類さえも作ると言っている。殿下の親である国王陛下も、この提案に異議はないご様子だ。反対しているのは卿だけである」

だからさっさと誓約書にサインしようぜ？ってことなんだけど、宰相閣下はなかなか首を縦に振ってくれない。

「わ、私は、王になるべきはリューゲン殿下であっていただきたいだけです」

「なるほど、そういうことか。しかし殿下が国王になったところで、卿の傀儡《かいらい》にはならんぞ。というか、できると思うてか？」

あ、なるほど。それならこっちの提案を受け入れたくはないか。

だって今までの僕って、ちょっと頭の足りない王子様っていう感じだったし、傀儡にするなら絶好のカモだよねぇ？

「そんなことは考えていません！」

宰相閣下は心外だと言わんばかりの表情で声を荒らげてくる。

僕、基本宰相閣下って、愛国心があって規律に忠実な人、なんじゃないかなぁって、思っていたわけよ。

僕がいつまでも母上の傍にいたことにも言及したし、王宮から母上と僕に予算が回ってないことを知って驚いていたし。

でもおじい様は、宰相閣下がここまでぐずるのは善意ではなく、それなりの思惑があるとみている。

「ほう？　私はてっきり扱いやすい第一王子殿下を王位に就かせ、実権を卿が持つことを狙《ねら》っていると思ったのだが？　それ以外で、卿が第一王子殿下を国王に就かせたがっている理由があるなら説明してくれたまえ」

そうだ、そうだ。王子は僕だけじゃないぞ。

第二王子だっているんだから、僕にこだわる必要はないだろう。

おじい様の言葉に、宰相閣下はぎゅっと目を瞑《つむ》って深い息を吐き出すと、僕らのほうを見た。

「誰がどう見たって、リューゲン殿下のほうが、王位に相応《ふさわ》しいではありませんか」

ぽつりぽつりと宰相閣下はこぼす。

「確かに今までのリューゲン殿下は、良くない話しか耳にしておりませんでした」

愉快なお仲間たちが、僕に対する虚偽の心象操作を行っていたからね。我儘《わがまま》だとか、気に入らなければ癇癪《かんしゃく》を起こすだとか。

「しかし今、リューゲン殿下を前にして、それが事実だとは思えません。こんなこと、普通の六歳児が言い出すわけがない。百歩譲ってマルコシアス卿がリューゲン殿下にそう言わせているにしても、言わせられている感が全くない。どう見たってリューゲン殿下のご意志だとわかります。第二王子殿下など、比較対象にもなりません。このような傑物であらせられる方が王にならず、誰が王になると言うのです。しかも王族から離籍させるなど、国の損失ではないですか」

思いの丈を吐き出すかのように宰相閣下はそう言うけど、僕、全く心に響かないや。

「第一王子殿下にこんな決断をさせたのは誰かね？」

とどめのおじい様の問いに、宰相閣下は苦渋に満ちた表情を浮かべながら、口を開いた。

「……わかりました」

わかったって言いつつも、納得はしてないよねこれ。もう態度から言って「絶対に嫌だー」って感じなんだもん。

でも諦《あきら》めて、恨むなら国王陛下にしてね。

そうこうしているうちに、呼び出しをした王宮の侍従長と侍女長、それから宮中大臣と財務大臣がやってきて、第一王子に対しての対応と、側妃と第一王子に支払われているはずの費用の行方《ゆくえ》が追及されたのだが、そんなのは後で会議でも開いて、そっちでやってくれねーか？

まず、王宮侍従長と王宮侍女長の言い分。

国王陛下の側近たちから、第一王子殿下に関しては、何をしても注意せず、どんなことでも褒め称えるようにと指示されていた。

宮中大臣の言い分。

第一王子殿下と側妃様の待遇については把握していたが、国王陛下が現状に何も言ってこられなかったのと、お二方の話をすると不機嫌になられて、いいようにしておくようにという回答ばかりだったので、そのままにしていた。（つまり国王陛下への忖度のため放置）

財務大臣の言い分。

国王陛下が第一王子と側妃を邪険に扱われていたので、国王陛下のために、王妃様と第二王子殿下のほうへ側妃と第一王子の予算を振り分けていた。（やっぱり国王陛下への忖度）

いやぁ〜、ものの見事に、マルコシアス家に喧嘩《けんか》を売ってるよな。

彼らの処分をどうするかは、宰相閣下とおじい様で取り決めるそうだ。

その取り決めに国王陛下がいないのは、今まで僕のことを放置していたという実績から、僕の親であることを放棄したという判断が下されたからである。

今後、僕に関する大人の手が必要なことは、全部おじい様が代理で行うので、国王陛下の出番はない。

国王陛下も僕のことは要らんと言ってるわけだし、決まったことにサインするだけなので、文句もなかろう。

っていうか、それぐらいは仕事なんだから、やっていただきたいものである。

要求は九割もぎ取ったけど、王宮には残留

「結局、僕は王宮に残留か」

成人するまで王族なのだから、それまでは王宮にとどまっていただくと、強く推したのは、どうしても諦《あきら》めきれない様子を見せていた宰相閣下だった。

もとより、全部が全部、こっちの要望通りに事が進むとは思っていなかったわけだし、僕の王城残留は想定内である。

しかし、今までの放置具合も相まって、僕の居住における取り決めがされ、徹底されることになった。

居住は今まで母上が使っていた側妃宮を使うこと。

王宮から侍従と侍女を入れる入れないは勝手にしてもかまわないが、僕の身の回りの世話や宮の管理などなどの使用人は、すべてマルコシアス家が手配し、僕が成人して退去した際は、それらの使用人も撤収する。

ここらへんは、ほぼ今まで通りかな?

ただし母上がマルコシアス家の本拠地であるフルフトバール城に移動したので、母上の私物はすべて撤収済み。今までは母上好みにあつらえていた内装だけど、今後は僕用に新しく宮内の備品や

ら家具やらを新調するというわけだ。

それも全部おじい様が手配している。

残る問題は、今まで受けていなかった王子教育。

これが宰相閣下とおじい様の間でだいぶ揉《も》めた。

宰相閣下の言い分。

成人までは王族なのだから、王子教育を受けていただきたい。

おじい様の言い分。

成人後はマルコシアス家の当主として、フルフトバール侯爵位を継いでもらうから、今後必要のなくなる王子教育よりも、高位貴族教育と当主教育をさせるべき。

僕としては、おじい様の意見を支持したい。

僕が王族じゃなくなるのは決定事項なんだから、王子教育なんか要らんだろう？　それよりも、貴族教育はもちろんだけど、マルコシアス家の当主教育と、領地経営の教育のほうが、今後の僕には必須になる。

宰相閣下は、あのとき、わかりましたとは言ったが、どうしても、僕に王族のままでいてもらいたいらしく、神殿誓約込みの誓約書を作成してもなお、まだ僕を王族として留めておくことを考えているようだ。

もう最初の段階で躓《つまず》いちゃってるんだから、諦めてほしいわ。

王子教育だってさ、本来もっと早くにやることだったしね。

僕の王子教育がされなかったのは、全部、国王陛下の意向だ。

本来なら王太子となる僕は、生まれてすぐに王子として、そして王太子としての教育を施されるべきだった。

だけどその手配を国王陛下と愉快なお仲間たちは行わず、そしてそれをよしとしていたわけだ。

第一子が王太子であるにもかかわらず、国王陛下は僕ではなく第二王子を自分の後の王にさせたいと望んでいるから、僕の教育の手配さえもしなかった。

あー、でも教育云々は、母上が手配するべきことだったのかも。一応王妃教育を受けていたわけだから、そういった子供の教育を母上が知らなかったわけではない。

でもさ、母上は、なんていうか、『お姫様』なんだよなぁ。

国王陛下が王子殿下だった頃の、婚約者候補と側近候補を見定めるお茶会で一目惚《ひとめぼ》れして、できれば婚約者に、妃になりたいと望んだ。

母上は国王陛下に恋《こ》い焦《こ》がれていたから、傍にいられるなら側妃でもよかったのだろう。

子供を産めば振り向いてくれるかもしれない、側妃としての仕事……王妃の業務の手伝いで、王妃の手が回らない、外交のパーティーやら、慈善活動やらの身代わりとして出席すれば、国王陛下と一緒にいられると、そう思ってた。

けど、そんなことは一切《いっさい》なく、母上は国王陛下から見向きもされないうえに、王妃様との仲のよさを見せつけられて、自分が愛されていないことに、王妃様に対して嫉妬《しっと》と憎悪をたぎらせ、ヒステリーを起こす毎日。

母上は、ただただ国王陛下に愛されたかった。

もうそれだけしか考えてなくって、僕の、国王陛下との間にできた我が子の王族としての教育を疎《おろそ》かにしてしまった。

こうやって考えれば、母上は国王陛下の寵愛だけを望む、愚かしい人だ。

愚かではあるけれど、醜悪だとは思わない。

王妃様に対して嫉妬と憎悪を向けて、毎日ヒスって暴《あば》れまわっていても、母上は僕には優しい母親でいた。

愛する人との愛の結晶だと、全方位で肯定し、味方であってくれる。

甘やかしもすごかったけど、そこは執事のあの爺さんと、母上の傍にいた侍女がやんわりと躾は必要だと諫《いさ》めていたから、僕はほどほどに母上に叱られもしていた。

まぁ、王族としての教育を僕に施すことはなかったんだけどね。

今にして思えば、母上のメンタルは、一歩間違えればちょっとやばかった。

何がやばいって、母上が、母であることよりも女であることを選んでいたなら、僕は国王陛下を振り向かせるための駒の一つにされてもおかしくなかった、ってこと。

国王陛下に愛されたい、一番の寵が欲しい、そう思っていた母上が、国王陛下に振り向いてもらうために、王妃様の産んだ子供より優秀であれとか、次の国王は僕なのだから完璧《かんぺき》であれとか、そういったことを僕に強要することもあり得たのだ。

母上は僕に王子教育を施さなかったけど、国王陛下の関心をひくための道具にもしなかった。

愚かしい人だ。

それでも母でいたからこそ、僕をそんなふうに扱わなかったのだ。母上はポンコツではあったけど、母親であったと思っている。

さて、ここで一つ疑問が出てくると思う。

今の僕になる前、僕は始終ぼんやりとして、周囲からは頭の足りない王子様と思われていた。

そして王子教育を受けていなかった。

その僕が、たとえ前世の記憶がインストールされ、思考と肉体が繋《つな》がったといえども、なぜこうも、自分の状況が把握できていたり、母上の実家のことを知っていたり、極めつけに王室典範のことを知っていたか。

これにはちゃんとした理由があるのだ。

まず、前世の記憶がインストールされる前から、僕はこういったことをちゃんと考えることができていた。

ただ肉体と繋がっていなかったので、僕は『うん』とか『いやだ』とかそういった意思表示以外の言葉を発することがなかっただけなのである。

だから周囲から頭の足りない王子様と思われていた。

次に母上の実家であるマルコシアス家のことや王室典範を知っていた件についてなのだが、その原因と言っていいのだろうか？　それらのことを僕に教えたのは、今僕の目の前にいる執事と侍女だった。

「アルベルト様、お茶のご用意が出来ました」

王宮の侍女服ではなく、マルコシアス家の侍女服を着た侍女がいれた紅茶を、これまたマルコシアス家の執事服を着た青年が給仕する。

二人は性別とヘアースタイルと声音を抜かせば、容貌もブルネットの髪も濃紺の瞳《ひとみ》の色さえも、まったく同じだ。

名前は、男のほうがシルト、女のほうがランツェ。

歳《とし》は僕よりも十は上だと思う。よく知らない。

この二人は、あの執事の爺さんの孫らしく、最初は僕の遊び相手兼子守りとしてやってきたのだ。シルトもランツェも、配属された当初から、僕の遊び相手というよりも、子守りの意味合いのほうが強かったと思う。

基本は普通に子守りなんだよ。

僕が何処《どこ》に行こうとも、止めずに黙ってついてくるし、行く先に怪我《けが》をするような危険物があればあらかじめ排除しておくし。

かといって、置物のように何も言わないで付き従ってることはなくって、この花は○○という名の花で、処置次第では薬草にもなるとか、あっちはなにがある場所だとか、ぼんやり状態で聞いているのかいないのかわからない僕に、あれこれ教えてくれたわけだ。

そんな感じで、二人は僕に母上のことやマルコシアス家のことも教えた。

ただこの二人、僕が寝るときに、寝かしつけの読み聞かせをしてくれるんだが、それがどこから持ち出したのか王室典範。しかも解説込み。

やばくないか?

母上の話やマルコシアス家のことを教えてくれたのは感謝する。

でもラーヴェ王国の王室典範は、王城の図書館からの持ち出しは禁止のはずだ。

それをどうやって持ち出した?

考えれば考えるほど、この二人がただの使用人とは考えられない。だってあの執事の爺さんの孫だし。

「あのさ、一応確認しておくけど、王室典範、元の場所に戻してるよね?」

王室典範がなくなったという話は聞いていない。騒ぎにもなっていない。この二人がそういうへまをするとは思えないけれど、綱渡りみたいなことはやめてほしい。

倫理的な意味合いではなく、僕の精神的な安寧のためにだ。

「あれはもうアルベルト様も学習なさっておりますので」

「すでにお戻しししています」

シルトは愛想よくにこやかな笑みを常に浮かべ、ランツェは鉄壁の無表情で答える。

僕が胡乱《うろん》げな視線を二人に向けても、全く気にしていない。

得体の知れなさはあるけど、僕に対してはちゃんと尽くしてくれてるし、信用しても大丈夫、かな？

「ところで二人は母上と一緒に引き揚げないの？」

あの執事の爺さんと母上の傍にいた侍女は、とっくにこの宮から撤退している。

今までこの宮で働いていたマルコシアス家の使用人たちは、庭師のおっちゃんと料理長以外は入れ替わりになった。

ほら結構長い間、母上に付き従って、フルフトバールから離れていた人ばかりだから、母上がおじい様のところに帰るなら、今まで付き従ってくれた人たちも、家族の傍に帰してあげようってことらしい。

だから使用人は総入れ替え。

庭師のおっちゃんと料理長は、僕の傍で働きたいという本人の希望で残留するそうだ。

そんなわけでこの双子も引き揚げると思ったんだけど、そういった様子が全く見えないので訊《たず》ねたら。

「私どもはアルベルト様のモノでございます」

「どこまでもアルベルト様のお傍に付き従わせていただきます」

なんて返事をされてしまった。

お、重ぉ～。

僕のモノって、なんだそれは。あの執事の爺さん、孫に何を教え込んだ？

っていうか、もしかしてこの二人って僕の専属なのか？　この様子だとそうなんだろうなぁ。

二人を見ると、先ほどと変わらず、シルトは笑顔でランツェは無表情。

訊ねたいことは山ほどあるけれど、でもそれは全部聞いたところで無意味なような気がする。

だから、とりあえず……。

「そう、まぁ、よろしく頼むよ」

ほどほどにね。

そんな僕の心の声を察してか、二人は同じタイミングで、シルトは右手を胸に当て頭をたれ、ランツェはカーテシーをした。

「「ありがたき幸せにございます。我が主君」」

間章　宰相閣下は胃薬を手放せない

第一王子殿下とマルコシアス卿が立ち去った後の執務室には、私と国王陛下と陛下の二人の側近のみが取り残された。

もっと早くに第一王子殿下のご様子を確認すればよかったという後悔と、起きたことへの諦念とが入り混じる。

しかしどれだけ嘆いたところで、もうこの決定は覆すことはできない。

「ご満足ですか？」

事を画策したお三方に声を掛けるも、陛下とそしてフース卿は、この重大性を理解していない様子だ。

「そんな意地の悪い聞き方をしなくたって、いいじゃないですか」

悪びれもせずそんなことを言い出すフース卿に、苛立ちが募る。

「そもそも、第二王子殿下は王妃のお子だ。正当な王太子は第二王子殿下でしょう？」

「王室典範の継承権の項目を最初から読み直してください」

ラーヴェ王国の王位継承権の第一位が、「国王陛下の第一子」と定められる以前、その継承権争いで陰惨な身内殺しが勃発し、直系の血筋が極端に減少したのだ。だからこそ、産み胎に重きを置かず、「国王陛下の第一子」と定められたのだ。

王妃の子だから正当性があるなどというのは、現在のラーヴェ王国としては寝言と同じである。

「陛下、フース卿の発言を諫《いさ》めないということは、同意見であると受け取ってもよろしいか？」

学びの姿勢がない側近はともかく、国王陛下はそのことを重々承知でいらしていたはずだ。

私の発言に、陛下は口を閉ざしたままだ。

下手な言い訳などせずに沈黙を守る。言質を取らせないのはいい判断である。

しかし、今回はそれで片が付くと思わないでいただきたいものだ。

「お答えください、陛下」

「ビリヒカイト侯爵、すべては私が画策したことです。陛下に咎《とが》はございません」

ずっと黙っていたハント卿が口を挟んでくる。見事な忠義心だ。

「ハント卿、私が聞きたいのはそのような答えではありません。国王陛下が、王妃殿下のお子であれば第二王子であっても王太子であるべきだと、そうお考えになられているのか否かということです。貴方がたの画策がどうこうという話をしているのではありません」

言葉に詰まるハント卿を一瞥《いちべつ》してから、陛下へと向き直る。

「陛下、黙っていればすべてをなかったことにできるとお思いか？」

「お、俺《おれ》はカティ以外と子を儲けたくはなかったのだ」

いまさら何を言っているのやら。

「ではなぜ側妃に召し上げたリーゼロッテ様に手を付けられたのです」

私の返しに、陛下は自分の気持ちを慮《おもんぱか》ってもらえないと、苛立ちをあらわにさせる。

「側妃を娶《めと》れと言ったのは、お前たちではないか！」

「王妃殿下にお子ができなければ、我々王家に仕える者が世継ぎの心配をするのは当然のことです。私が言いたいのは、王妃殿下以外との子を儲けたくないと言うならば、召し上げた側妃に手を付ける必要はなかったということです」

しかも相手はあのマルコシアス家の人間だ。

建国からフルフトバールの地で、不帰の樹海からやってくる魔獣を狩っているマルコシアス家には、王家に子を嫁がせないという家訓があると聞く。

リーゼロッテ様の件は、例外中の例外だと、マルコシアス卿は言った。

だからこそ、婚約の時も側妃に召し上げられる時も、マルコシアス家からは、都度、無理難題ともいえる要求を突き付けられてきたのだ。

婚約の時の条件は、陛下に側妃を持たせ、リーゼロッテ様とは白い結婚を貫き通し、三年後には婚姻を破棄するものだったと聞く。

婚約時にさえそれだけの制限が付いていた相手であるのに、周囲から側妃を娶れと言われて、真っ先に彼女の名前を出したのは陛下である。

「側妃を娶ることは避けられなくても、その側妃に彼女の名を出し、王室に召し上げて、褥入りをしたのは陛下です」

「それは……」

「王妃殿下とのお子以外を望まないのであれば、陛下はリーゼロッテ様に、きちんと形だけの側妃であることをご説明し、王妃殿下にお子ができたら、側妃の任を解くことをお約束するだけでよかったのです。目先の欲に溺れたのは陛下でございましょう？　違いますか？」

「い、一回でできるなんて思わないだろう」

「女性には妊娠しやすい時期というものがあるのです。その日に合わせれば、一回でもできます」

まるで初めて知ったと言わんばかりなのだが、指南役は何をしていたのか。

実践ばかりだけではなく、ちゃんと知識も身につけさせてこそだろうに。

「今更の話ですね。第一王子殿下は、ご自分で王族であることをお捨てになられました。陛下のご希望通り、第二王子殿下がラーヴェ王国の次代の国王です。良かったですね」

最後の言葉は、当然のごとく嫌味だ。

仕事はできる。人を見る目だってある。にもかかわらず国王陛下は、第一王子殿下のことにおいては、かけらも気にすることはなく、最初から何も見えていない。

このラーヴェ王国の中では、メッケル北方辺境伯に嫁がれた、元アインホルン公女でいらしたマティルデ様以外であれば、第一王子殿下ほど、王に相応《ふさわ》しい人物は他にいないというのに、何故《なぜ》、それに気が付かれないのか。

身内だから？　それとも側妃様の子だから？

それだけだとは思えない。

しかし、なにをどう言っても、神殿誓約がかかっている誓約書を交わしてしまえば、もう第一王子殿下はマルコシアス家の人間となられてしまうのだ。

今回のことは、次回の国議に出して全員の承認を取らねばならないだろうが、どれだけの人間が第一王子殿下の価値に気が付くのか。

おそらく、過半数の者は陛下が溺愛している第二王子殿下が、王太子になることに、是と答えるだろう。

ハント卿とフース卿がつくり上げた、第一王子殿下を貶めた下地は、それほどまでに行きわたっている。

第一王子殿下の国王としての覇気に気づいたときには、もう全部後の祭りである。

とりあえずは、王家から第一王子殿下を手放すことになった原因の処分が先だ。

「ハント卿、フース卿、お二方は今より自宅にて謹慎していただきます」

「なっ！　どうして！」

「承知いたしました」

私の言葉に素直に頭を垂れ、処分を受け入れる気でいるハント卿とは裏腹に、フース卿の稚拙さは何とも見苦しい。

どれほどのことをしでかしたのか、自覚しているのはハント卿だけとは、何故これで陛下の側近などに選ばれたのか理解に苦しむ。

「貴方がたの沙汰は、後日、マルコシアス卿と貴方がたの家門である族長とで決められます。呼び出しがあるまで謹慎を」

フース卿の『どうして』に答えず、これから行われる予定だけを告げる。

「逃亡した場合はマルコシアス家の暗部が動きますよ。その場合は、我々は不慮の事故という形をとらせていただきますので、貴方がたの死因についての捜査はいたしません。それでも良ければ、どうぞお好きになさってください」

暗に国王陛下の手を借りて雲隠れしても、逃げ切れないということを伝えれば、フース卿はそれ以上騒ぎだすことはなかった。

衛兵を呼び、ハント卿とフース卿のお二方を自宅へと届けるように指示を出し、私の部署から陛下の秘書官を二人派遣するようにと、従僕《じゅうぼく》に遣いを出す。

ハント卿とフース卿が使っていた執務室の捜査も必要だ。

あれもこれも、やることが次から次へと出てくる。

「ビリヒカイト侯爵」

「なにか？」

「エルンストとゼルプストの謹慎は早めに解いてくれ」

両手で頭を抱えながらも、陛下は能天気な戯言をこぼされる。

自分が何を仰《おっしゃ》っているのか、ご理解なさっていないのだろう。

「……それは処刑を早めるという意味でよろしいか？」

私の言葉に勢いよく顔を上げてこちらを見る。

「正当な次期王位継承者を廃した元凶です。危険分子であり犯罪者を陛下のお傍に置くことなどできません。たとえ陛下が許したところで、政務に携わっている我々は許しません。それとも、陛下は犯罪者をお傍に置き、彼らが周囲から誹謗中傷される罰をお望みですか？」

「そんなことを言ってるんじゃない！」

「これは、そういう話です。陛下以外の人間は、誰《だれ》一人として、彼らがしたことを許しません」

二の句が継げないのか、陛下は黙って私を睨《にら》みつけるだけだ。

「まるでご自分に非がないと言わんばかりですね。ええ、貴方は国王です。王の非はあってはならぬ。ですから、その責任を貴方が傍に置き心を許す者たちに請け負ってもらうことにしました」

何を言ってもご自分の非を認めないのであれば、やらかした出来事を終結させるための生贄《いけにえ》として、陛下の手足に罪を負ってもらう。

それでもおそらく陛下は、自分も側近たちも悪くないとお思いだろう。

本当にリューゲン……、いやアルベルト第一王子殿下の仰ったとおりだ。

次代の正当な国王を廃したという自覚がない。

やらかしたことに、ご自分ではなく周囲が責任を取ることになるという自覚もない。

「貴方のせいです」

私の言葉に、案の定陛下は目を見開いて、驚きの表情を見せる。

「ハント卿とフース卿が処刑されるのは、貴方のせいです」

「ち、違う！」

「違いません。貴方のせいですよ、国王陛下。貴方がお二方のやっていることに気が付かなかったのですからね」

実際は陛下も交えての画策だ。そんなのは、先ほどのアルベルト殿下とのやり取りで、誰でも看破している。

しかし国王陛下に瑕疵《かし》はつけさせられないのだ。

ならば、今回の謀反には、陛下の関与はなかったと、押し通すしかないのである。

「ご自分の大切な親友たちが、正当な王位継承者を排除する画策に気づかなかった、陛下の落ち度です。陛下が画策に気が付いて諫めていれば、あの二人が処刑されるなどということにはなりませんでした」

そしてアルベルト第一王子殿下が、王族から離れることもなかった。

こちらのほうが、あの二人の処刑よりも重大なことであるのに、陛下にとっては、親友たちの処刑のほうを重く捉《とら》えている。

だから、あえてアルベルト殿下のことではなく、陛下が重きを置いている人物たちの責を強調するのだ。

そちらのほうが、陛下のお心には響くだろう。

「陛下、ハント卿とフース卿の処遇は、もう決定事項です。覆したいのならば貴方が矢面に立って、マルコシアス卿に交渉してください。先ほども言ったように、陛下がお二方を逃がすことも可能ですよ？　ただし、その場合は、処刑の手間がなくなるということだけは留意いただきたい」

王家の暗部が、マルコシアス家、いやマルコシアス直系一族に並々ならない忠誠を捧げる暗殺組織アッテンティータに敵《かな》う筈もないが、どこまでそれを覚えていらっしゃるか。

案の定、陛下はすぐに王家の暗部に指示を出したものの、それは徒労に終わる。

翌朝、陛下の寝所には、処刑間近であった罪人の死体の他に、誰とも知れない人間の右腕が三本発見されることとなった。

処刑間近の罪人は、ラーヴェ王国に入っていた間者だ。使用人として潜り込んでいたけれど、何処《どこ》かに連絡を取っている不審な動きをしていたため、拘束して拷問にかけた結果、王妃殿下の元婚約者が王妃殿下の周辺を探っていたことが知れ、近々刑を執行する予定だった。

そして誰とも知れない三本の右腕は……。こんなことをされては、もう使い物にならないではないか。王家の暗部を減らさないでいただきたい。

しばらく胃薬が手放せない日々が続くのだろう。

王子様と悪役令嬢

いらんことする人はだいたい人の話を聞いてない

恋に盲目になった国王陛下が、最愛の奥さんとの間にできた子供を次期国王にさせようとしたことが明るみに出てから四年経《た》ちました。

六歳だった僕は十歳になり、三年後に王立学園に通うそうだよ。

この世界、前世における小学校までの基礎教育は、たいていガヴァネスかチューターから習って、そこから専門的なことを学園で学ぶことになっている。

で、ラーヴェ王国の王立学園なのだが、ラーヴェ王国の貴族の子女は十三歳から全員、王立学園に入学する義務になっている。

国で定められた義務なので、よっぽどの事情がない限りは、免除されることはない。

王立学園は五年制で最初の二学年は、基礎教育の復習。次の三学年から進学するコースを選択するのだ。

コースは四部門。

まずは領地経営科。これは領地を持っている貴族の、跡取り向けのコースね。

次に淑女科。いずれ他家の貴族の家に嫁ぐ令嬢向けのコース。

三つ目が文官科。跡取りではない貴族の子供や、才能ある平民の子供が、王宮や領地持ちの高位貴族の執政官を目指すコース。

四つ目が騎士科。言わずもがな、武官を目指すコース。

この四部門の他に魔術師として身を立てていくルートがあるんだけど、これは王立学園ではなく、魔術塔という専門の学校？　組織？　とにかく、そこに行く。

ラーヴェ王国の大半の貴族の子供は、最低でも二年は王立学園に通い、在学中に四つの科のどれかを選んで十七歳まで通うことになっているわけだ。


僕は前世の記憶があるから四則演算はもうすでにできるし、この国の言語の読み書きもガヴァネスやチューターから学ぶよりも先に、シルトとランツェに教わってしまった。

あと、ラーヴェ王国の歴史。ほら、例の寝る前の読み聞かせで、暗記できちゃうぐらいに聞かされて、すっかり覚えちゃってるんだよ。

ガヴァネスやチューターが来る前に、基礎教育は修学済みで、改めて学ぶ必要がない。だから現在は基礎教育のもう一歩先のことを習ってる。

近隣諸外国の言語と歴史と特産。あとは、僕が継ぐことになる、フルフトバール領のこととかな。

これ、王立学園行く必要ある？

あ、魔力の制御があるか。

この世界の人間は、貴族平民関係なく、全員魔力を持っている。

魔力の発動や停止といった基本的なことは、平民なら親や上の兄弟、貴族ならやっぱり親か専任の教師を雇って教わるのだけど、この基本がなかなかうまくいかない子供が中にはいて、その場合は、学園に通う年齢になるまで、神殿で魔力の封印をされるんだよね。

学園では、この制御が自在にできるようにする他に、魔力の使い方を習うことになる。

僕はこういった魔力の制御はすでにできているし、学園で選択するコースは領地経営科になるけど、そこで学ぶことって、通う前に教わってしまってないか？

そう思っていたら、僕に仕えてる双子の使用人が、「王立学園に通う最大の目的は、同年代の貴族間の顔繋ぎという社交です」と教えてくれた。

あー、うん、それな。それか。じゃぁ行くしかあるまいよ。

高位貴族だからって、何でも一人でできるわけねーからな。隣接領の協力とか時にはあるし、友好深めていたら、そういうときの話だって進めやすくなるし。

つまり、友人をたくさんつくって、でもただつくるだけじゃなく親睦を深めよと。ついでに、跡継ぎではない有能な人材をゲットするわけね。

まぁこの辺のことは三年後の僕に任せよう。うまくやっておくれ三年後の僕。


四年前に側妃が宿下がりし、第一王子の王籍離脱が決まった後、宰相閣下とおじい様の攻防の結果、僕は王族用の帝王学を学ぶことになった。

王族では帝王学と言っているけど、これはいわゆる貴族の当主教育だ。

僕は成人したら王籍抜けるし、そうなったらマルコシアス家とフルフトバール侯爵を継ぐ。つまり僕は、おじい様の後継者。

どのみち、その手の教育も受けることになる。高位貴族の当主教育と王族の帝王学がどれぐらい違うかわからないけど、まぁ受けても損はなかろうって思ったから、条件付きでいいよと了承した。

ここまではね、よかったのよ。ここまでは。

その話をもってきたのが宰相閣下だったし、その帝王学を教える教師も、宰相閣下が手配してくれるんだろうって思ってたんだ。

そうしたらさ、今までずーっと側妃と第一王子を無視して放置してた国王陛下がな、いらんことしてきたわけだ。

何してきたと思う?

王家の教育係を勝手にこっちに派遣してきたんだよ。

まぁそんなことしてきた理由は、なんとなーくわかるよ。今までの詫びとか、やらかした罪滅ぼしとか、そんな感じなんだろうっていうのは。

国王陛下はそういったことは言ってなかったけど、今まで構ってもらえなかった父親に王家の教育係を手配してもらって嬉《うれ》しかろう?って感じだったね。

それで、その手配されてきた教育係が、いわゆる基礎教育を教えるガヴァネス、王族専用のマナー講師、王宮の護衛騎士団長、その三名。

もう、基礎教育はとっくに終わってんだよ！　こっちはその先のことを学んでんの！　それから護衛騎士団長、何のために派遣してきた？　剣術を教えるため？　バカかおめー。まだ体が出来上がってない子供にそんなの教えてどうすんだよ。まずそれよりも先に、基礎体力づくりだろうが。しかもそれは王宮の護衛騎士団長にさせることじゃねーだろう。仕事放棄させんな。

宰相閣下と国王陛下に、即行でクレーム入れさせてもらった。

ガヴァネスと護衛騎士団長が僕のいる宮に来た時点で、宰相閣下に連絡を入れたら、すぐに駆け付けてきて、ガヴァネスと護衛騎士団長に聞き取りすると、国王陛下からの要請だって、カマかけるまでもなくゲロったわけよ。

本人たちはなぜそんなことを訊《たず》ねられるのか、さっぱりわかっていない様子だったから、僕の教育は後見人であるおじい様と宰相閣下の擦《す》り合わせで可決され、国王陛下はそこに携わることができないと説明したのだ。

そうしたら、納得できないような顔をされてしまってね。

仕方がないから、二人を連れて宰相閣下と一緒に、国王陛下の執務室に行ったわけよ。

僕の姿を見た途端《とたん》、国王陛下は表情には出してなかったけど身構えた。

でもガヴァネスと護衛騎士団長も一緒にいるのに気が付いてから、お礼を言いに来たと思ったんじゃないかな？


嬉しいだろう？　今までの詫びだから気にすんな。

声に出してそんなことは言ってないけど、態度と表情と雰囲気から、そう言いたいんだろうって、もうありありと察してしまった。

良いことをしたと、ご満悦な様子の国王陛下に、冷や水をぶっかけたのは宰相閣下だ。

「陛下、リュ……、アルベルト殿下のために貴方がしていただけることは、私とマルコシアス卿が決めた事柄を了承することと、出来上がった書類にサインをすること、ただそれだけです。それ以外のことは、一切《いっさい》、手出し無用でございます。何もしていただかなくて結構です」

いやぁ、宰相閣下から侮蔑を込めた視線で、淡々と説教されるあの時の国王陛下は、それでもどうしてそんなことを言われるのかわかっていない様子で、なんで？　なんで？　何が悪いの？って様子だった。

もしかして、あの時の誓約書の意味が、おわかりになっていないのだろうか？

逆に僕が聞きたい。なんで？　なんで？　どうしてわからないの？　わからなかったら、すぐ傍にいる人たちに聞こうね？　ついでに間違ってるかもしれないから宰相閣下に答え合わせしてもろて？

できるかな？　できるよね？　できなくてもやれよ。

僕のことでおめーができることは、決まったことに頷《うなず》いてサインするだけだって言っただろ。

それ以外の余計なことすんな。

ガヴァネスと護衛騎士団長の件は片が付いたが、まだマナー講師が残っている。

このマナーって広義の意味で帝王学と微妙に重なるものがあるじゃない？

宰相閣下とおじい様が、後日マナー講師と面談して聞き出したところによると、それ込みでの指導をするものだと思われていたことが発覚。

僕はいずれ王籍を抜けてフルフトバール侯爵になるから、重点的に学ばなければいけないのは当主教育のほう。でも今はまだ王族だから、王族としての考え方も知っておいてほしいという宰相閣下の希望がある。

二人の意見を折中して、基本的に学ぶのは当主教育にして、でも帝王学ではこんなふうに考えるんだよと、比較を知ってもらおうという形になった。

そのため、おじい様が手配した当主教育の講師に、宰相閣下が手配する帝王学の講師を含めて、比較しながら学ぶという話だったのだ。

そこで、マナー講師の授業はどうなるのかというと、どちらにしろ行儀作法、宮廷作法は必要になるから、講師になっていただけるのは有り難《あがた》い。だけど学ばせるのは、王族のものではなく貴族としてのものにしてほしいと、おじい様からの注文が入った。

王族と貴族のマナーって違うんだよ。傅《かしず》かれる相手と傅く相手、立場が違うんだから、当たり前だ。


おじい様はどうも、国王陛下が手配した、というのが引っかかっていたようだ。

国王陛下が、側妃と第一王子を冷遇して放置していたことは、王宮内の特に王族に接する機会が多い宮廷使用人たちなら全員知っている。

でも、彼らが直接僕に何かしてくることはなく、してきたことは、いわゆる叱らない虐待。

やっぱり身体に危害を加えるのは、障りがあるんだろう。

だって相手は王族よ？　いくら家族に蔑《さげす》まれてるからって、使用人が王族に対して殴る蹴《け》るなんてことはできないって。

あと僕の場合、後ろ盾しっかりしてるから。国王陛下から冷遇されていても、フルフトバール侯爵がいるのだ。身体に鞭痕ついてるなんてばれたら、マジで命落とすことになるからね。


王宮の使用人は、国王陛下至上主義だ。

国王陛下の意向こそが至上で、国王陛下が冷遇放置している側妃と第一王子にいい印象を持っていない。

たとえ第一王子が王位継承権第一位でも、国王陛下が可愛《かわい》がっているのは第二王子なのだから、第二王子が国王になればいいいと、そう考える者だっているだろう。

国王陛下が僕のところに派遣してきたマナー講師、突き返したガヴァネスと護衛騎士団長もだけど、彼らが国王陛下に忠誠心を持っているのは確かで、その手の人たちは、国王陛下が冷遇している第一王子にどんなことをするか、だいたい予想できちゃわないか？

マナー講師は間違ったことを教えるとか、ガヴァネスと護衛騎士団長ならことあるごとに第二王子と比べて、劣等感を煽《あお》って、授業を放棄する問題児にするとか。

おじい様はそれを警戒しているのだ。

でも、僕はそれを黙って受け入れる可愛げのある性格じゃない。

今まで通りぼんやりしてる頭の足りない王子様だから、やりたい放題できると思われていたら、そこを逆手にとって物証つかんで、国王陛下に賠償ふんだくるよ？　え？　やった本人に賠償させるんじゃないのかって？　いやいや、やらかした人は賠償では済まないでしょう？　刑が執行されるまで、牢にぶち込まれてまずい飯食わされるんだから。だから賠償するのは、そんな人たちを派遣した国王陛下になるわけよ。

「それで、どうする？　僕のマナー講師引き受ける？　引き受けるとしたら、まず魔導具による授業内容の記録と、それから僕の使用人たちを同席させることが最低条件になるよ？」

そう訊ねたら、ぐっと喉《のど》を鳴らして沈黙し、そのあと、辞退させてくださいと蚊の鳴くような声で言ってきた。

あの時、僕の後ろには双子が控えていた。振り向いて確認しなかったけど、多分あの二人が、僕が見ていないからって脅していたんだろう。

やりすぎなんだよ。過保護はやめて。

結局のところ、僕のマナー講師はおじい様が手配した伯爵家の人に決まった。

そんなことが、母上がいなくなったこの四年の間にあって、僕というよりも、おじい様と宰相閣下は、さらに国王陛下に対して警戒を強めている。

僕が王位継承権を放棄し王籍から抜けるという話し合いをするまで、僕のことはずっと放置して無視していたのに、今更何でそんなこと国王陛下がしでかしたかっていうと、今まで何もしてやれなかった（やらなかったの間違い）から、何かしてやりたかったと、宰相閣下とおじい様に供述したらしい。

宰相閣下とおじい様が、僕の教育（帝王学とか当主教育とかその辺）の話をしているのをどこかで耳に入れたようで、今までの反省（白々しい）というか詫びの気持ちで、代々王族が教わっている教育係を手配した。

そこに他意はなく、僕を害するつもりも全くなかったと、言い訳をしていたそうだ。

その場に僕がいなかったから、全部、宰相閣下とおじい様からの又聞きだけど。

そもそもの話、国王陛下は僕が王籍を抜けるという話し合いをしていたとき、なーんにも言わなかったわけだし、それは結局のところ、僕のことは要らないよって周囲にそう知らしめたことになる。

国王陛下が僕の今後に言及できる最終チャンスは、あの時僕の親であることを主張して、僕の養育権を手放さないことだった。

なのに国王陛下はあの時、ただただ宰相閣下とおじい様のやり取りを黙って聞いていただけで、僕が継承権を放棄することはもとより、王籍を抜けることにも、何一つ口を挟まなかった。

その時点で、国王陛下は僕の親であることを放棄したのだ。

だったらさぁ、今まで通り僕のことには関《かか》わらなくていいし、王妃様といちゃついて、第二王子可愛がって、三人でロイヤルファミリーをやっていてくれ。

僕のことはおじい様がちゃんと面倒見てくれるから、余計なことしてこないでね。

母上の離縁、まだできてなかったんだって

「アルベルトも十歳になったから、そろそろ側近候補を見繕わねばならんな」

半月に一回の割合で、僕のいる宮に顔を出しに来るおじい様が、そんなことを言い出した。

「側近候補、ですか？　王籍抜けるのに？　あとそういうのって学園に入ってからでもいいのでは？」

「マルコシアス家の当主になるだろう？　自分に足りないものを補ってくれる側近は必要だ。学園では盟友をつくるものだよ」

僕が当主になったら、シルトはマルコシアス家の管理を任せる家令になってもらうから、彼の立ち位置は側近ではないのだ。

当主としての仕事、侯爵の仕事には、やっぱり頼りになる相棒が必要。

確かにそうだねぇ……。

同年代の相手に僕のお披露目らしきこととか、もっと早くやるべきだったんだろうな。それこそ、僕がまだ王太子になると思われていた頃に。

でも、放置だったからねぇ。

国王陛下から放置されている第一王子の側近なんて、王家に近しい地位の貴族としては、うまみ

がなかったと思うから、できたかどうかは不明なところだ。

「リーゼの離縁がようやく決まっただろう？　再婚のお披露目をしようと思うのだ」

「え？　母上と国王陛下って、まだ離縁してなかったんですか？」

だって母上がフルフトバール領に宿下がりしてもう四年だよ？　その間、一度も王城に登城してないんだよ？　とっくに離縁してるんだと思ったんだけど、まだしてなかったの？

僕が言いたいことを察したのか、おじい様は苦々しい表情で言った。

「お前がまだ第一王子なのだから、その母親は妃であるべきだとほざきやがった」

「お口が悪いですよ、おじい様」

「すまんな」

誰《だれ》の発言かおじい様は言わなかったけど、それ言ったの、あの人だよね？　僕と母上を冷遇して放置してた人。

そっかぁ～。まだ離縁してなかったのかぁ。なんでだろ？

僕、単純に国王陛下の好みって、母上ではなく王妃様だと思ってたから、離縁に関しても、さっさと同意して終わらせたと思ってた。

王妃様って、はっきりした感じのきつめの美女。美しすぎて誰も触れることができない希少価値がある高嶺の花のイメージだ。

うちの母上は、ふわふわした守りたくなる系の美女。一人で生きていけない感じの弱々しい儚《はかな》げな感じ。

どっちも美女だけど、系統が違う美しさってやつ。

国王陛下の好みは、見るからに誰かが傍にいて守ってあげなければと思わせる母上ではなく、周りからお前は強いから一人でも生きていけるだろって言われちゃって、本当はそんなことないのに、強く気高い姿勢を崩さず頑張っているからこそ、自分が傍にいて守ってあげたいと思わせる王妃様なんだよね。

王妃様みたいなのが好みの人って、母上のようなタイプのことは、鬱陶《うっとう》しいって思うんじゃない？　黙って付き従っているところが、自主性がないように見えちゃうだろうし、誰かに守ってもらえなきゃ、生きていけないなんて甘えだって感じちゃう。

国王陛下もそう思ってたから、母上のこと無視して放置したんじゃないかなぁ？　わからないけど。

それならさっさと離縁すればいいのに、今まで渋ってたって、どういうこと？　訳がわからんと言いたげな僕に、おじい様は苦笑いをみせる。

「いざ手元から離れるとなると惜しくなったのだろう」

「あんなに冷遇していたのに？」

「自分が捨てる分には文句はないが、自分が捨てられるのが嫌なのだよ」

なにそれ。捨てられるようなことしておいて、そんなこと思ってるのか。

「リーゼは、親の私が言うのもなんだが、二つ名が付くほどの美しい娘だ。そんな美しい娘の心が、一心に自分に向けられている。男としては悪い気はせんのだろうな」

「自分に好きな人がいても、ですか？」

「表面上は好いた相手一筋だと言っていても、長いこと自分を慕ってくれた相手だからな。自惚《うぬぼ》れるのではないか？」

どんな扱いをしようと、自分が誰を好きになろうと、母上の想《おも》いは永遠に自分に向けられている、とか？

よく愛は永遠って言うけど、母上の国王陛下に向けてる想いって、愛っていうよりも、恋なんだよなぁ。

それでもって恋っていうのは、永遠じゃないよね。ちゃんと手入れしてあげなきゃ、枯れるもんなんだよ。

国王陛下そういうところわかってないよね？

いらないって思ってるんだから、身を引きますって言ってくれてる相手に喜べばいいのに、それも嫌だとかさぁ……。

「めんどくさっ」

思わず口に出してしまったけど、おじい様も忌々しさが募っているようだ。

「まったくだ。実にくだらん」

「でも、決まったんですよね？　離縁」

「あぁ、フルフトバール領に隣接している不帰の樹海におる大爪熊が、異常繁殖をしておってな。アレの殲滅討伐をしたフルフトバール軍の隊士に、褒美をあたえることになったのだ。さすがに一人で大爪熊を二十体討伐されたら、国からも褒美を出さねばならんだろう？」

一騎当千かよ。フルフトバール軍にそんな強い隊士がいるのか。

「そうですね。……おじい様はそれでいいのですか？　ようやく取り戻した愛娘がまたお嫁に行っちゃうんですよ？」

僕がそう言うと、おじい様は表情をやわらげて僕を見つめる。

「私の跡取りはすでにここにおる。リーゼの婚姻に政治的な意味を含める必要はもうないのだから、好いた相手と添い遂げさせたいのだよ」

「下賜《かし》、させるんですよね？」

「名目としては、それが一番波風を立てずにすむ」

そういうことですか。

心的な疲労で宿下がりした側妃が、四年も王宮に戻らないのだから、本来ならそれを理由に離縁できる。にもかかわらず、何故《なぜ》か国王陛下は首を縦に振らない。

だったら離縁に一番もってこいの口実は、武勲を立てた相手への褒賞として、側妃を下賜するというものだ。

「母上のお気持ちは？」

「ずっと自身を見守ってくれていた相手だ。ここにいた時は、相手も分を弁え態度で示すこともなかったが、お互い憎からず思っておったのではないか？」

おじい様の言葉にピンときた。

あ〜、居たな。居ましたね！　そういう人が、居ましたよ！

騎士っていうよりも、傭兵みたいなマッチョで強面《こわもて》の護衛騎士が！　ぼんやり状態の僕を肩車して、母上と一緒にお散歩していた人ね！

四年前、母上と一緒に、あの執事の爺さんと領地に戻っていった人。

へぇ〜、そうだったんだぁ〜！　全然気が付かなかったわ〜。

「それでな、近々離縁手続きと再婚手続きのためにリーゼとその相手が、王都にやってくる。しばらくタウンハウスで過ごすことになるだろうし、ついでに茶会を開いて二人の再婚の周知をさせようかと思うのだ」

夜会ではなく茶会か。

母上は再婚になるし、再婚したらまたフルフトバール領に戻るから、そんなものなのかな？

「いいですね」

そこまでやれば、もう土壇場でごちゃごちゃ言ってくることもできないだろうし、何より母上が幸せになるのはね、僕としても嬉《うれ》しい。

「アルベルトも茶会に出席しておくれ」

「ん？」

「四年もリーゼと会わなかったのだ、リーゼに元気な姿を見せてやってくれないか？」

手紙のやり取りは頻繁にしていたけど、僕が遠方に出掛けるのって、いろいろ大変なんだよね。ほら、まだ継承権持ってるから。

立太子してなくても、王位継承権第一位とそれ以外っていうのは、やっぱり何か扱いが違う。何をするにも手続きや、してはいけないという制約が、他の継承権を持っている人よりもてんこ盛りなのだ。

まぁ、出掛け先が王都内、それも侯爵家所有のタウンハウスなら大丈夫かな。

「あ、はい。それはかまわないのですが……」

母上に会うのは四年ぶりだし全然かまわないんだけど、お茶会に出席するのはなんで?

「茶会はリーゼの再婚の周知だが、お前と同年代の子供も多く呼ぶことにしておる」

あぁ、話がそこに繋《つな》がるのか。

実は王妃様とお茶会していました

今回のお茶会は、あくまで母上の再婚の周知だから、僕の側近候補の選抜は絶対というわけではないとおじい様は言った。

僕の勘にピピッと来ないのであれば、無理に仲良くなる必要はないとのことだ。

その辺は有り難《あ》《がた》い。

で、茶会、お茶会かぁ……。

実のところ、全くしたことがない、ってわけでもないのだ。

非公式な感じだけどね。

お相手は、王妃様。

そう、会いに来ちゃったんだよなぁ～、国王陛下のロマンスのお相手。国王陛下の泣き所。最愛の奥方。

まぁなんだ、とにかく国王陛下の運命の相手で、真実の愛（笑）で結ばれた人。

四年前、母上が宿下がりをして、僕が成人したら立太子するのではなく、王位継承権を放棄して、王籍からも抜けて、マルコシアス家とフルフトバール侯爵を継承する話をどこからともなく耳にした王妃様が、僕に会いに来たわけだ。

宰相閣下と一緒に。

さすがに王妃様一人（一人といっても、当然お付きの侍女とか、女官とか、その他ぞろぞろ引っ付けてきたけど）で、第一王子と面会というのは許されなかった。

これは王妃様の立場と僕の立場、どちらを優先してなのかは不明だ。でも王宮ではいろいろ決まりごとがある。

特に王妃様が自分の子ではなく、側妃の子供に会うとなれば、いろいろ懸念することもあるじゃないか。

あと、宰相閣下はおじい様の怒髪天をつくことを一番警戒したのだろう。

なんせ王族の筆頭たる国王陛下がやらかしてるのだ。国王陛下と王妃様を一緒にするのは失礼なことだろうけれど、アレの奥方であることには変わらないので。

思い返せば、僕は面会を要請されるまで、王妃様と顔を合わせたことって、一度もなかったんだよ。

何故《なぜ》なら王族が出席する式典やお茶会って、年齢制限があるから。

それから、あれって社交のデビューっていうの？　そういうのを済ませていて、表に出ても問題ないマナーができていることが、出席の最低限の条件。そういったものが全部クリアできてようやく出席できる。

僕はずっと捨て置かれて、たまに王城内をふらふらする以外は、ほとんど側妃宮に引きこもり状態だから、社交デビューもしてなかった。最低限のマナーは乳母《うば》や双子たちから教わっていたけど、それでも出席はしなかったんだよね。

まず母上は国王陛下のことでいっぱいだったから、僕に関するもろもろの手配を疎《おろそ》かにしてしまったし、国王陛下は言わずもがな、思惑があるから僕を放置していて、もとより手配する気もない。

こんな状態だから、僕は国王陛下に何もしてもらってないと思うし、父親とも思えないわけだよ。

そんな事情だったので、社交デビューをしていなかった僕は、必然的に式典やら公式の催し物などに参加できる条件を満たしておらず、王妃様と顔を合わせる機会がなかった。

母上は何度かあったと思う。

でも、基本的に二人が一緒にならないようにされていて、国王陛下と王妃様それから母上が揃《そろ》うのは、ラーヴェ王国に訪問した近隣国の王族を迎え入れた時ぐらい。

で、そういう時は常に周囲が目を光らせて、王妃様と側妃が会話をしないようにしていたそうだ。

母上は側妃として召し上げられた当初、王妃様のもとにご挨拶《あいさつ》に伺おうとしたらしい。

だけど、お断りの連絡が来て、しかもその日のうちに国王陛下が、王妃様との交流はしなくていいって、言いに来たんだって。

国王陛下がそう言ってきたのは、ロマンスで結ばれた最愛の妃に、仕方なく迎え入れた側妃が嫉妬《しっと》して、危害を加えるかもしれないって警戒したからだ。

元婚約者だし、婚約時代は自分に好意を向けてきた相手だし、自分に愛されている王妃様に嫉妬するだろうってね。

これは後でわかったことなんだけど、王妃様の周囲は、結局のところ国王陛下と王妃様のラブロマンス推しの方々ばかりで、やっぱりいろいろ忖度があったらしいよ。

あと、純粋に国王陛下を慕っていたり、王妃様至上主義だったりで、そういう人たちは、理由があって側妃になったといっても、心情的に、母上は国王陛下と王妃様の仲を引き裂く邪魔者、敵だと認定されていたんだよね。

そう思ってるから、国王陛下や王妃様の周囲は、母上を排除したい、王妃様に近づけたくない。

確かに母上は、国王陛下にぞっこんラブだったけれど、元婚約者の立場にいただけあって、子ができなければ、国王陛下に側妃を召し上げることになるのも、理解していたし分別もついていた。自分がその側妃の立場になるとは思わなかっただろうけど。

僕が言いたいのは、国王陛下が、母上を王妃様同様に自分の奥さんっていう認識で、そういう扱いをしていたなら、母上は王妃様に嫉妬なんかしなかったし、ヒスって暴《あば》れたりもしなかったんだよ。

王妃様の陣営も、母上に対して敵愾心《てきがいしん》持つんじゃなくって、王妃様と同じく国王陛下を支える奥方っていう認識でいたなら、こうもぐちゃぐちゃドロドロ状態にならなかったと思うわけ。

ともかくそんな感じで、こちらとは一切関《いっさいかか》わっていなかった王妃様が、母上が宿下がりをしてから一週間ぐらい経《た》った後、宰相閣下と一緒に僕のいる元後宮というか側妃宮……今は僕の宮（王子宮になるのではなく、シュトゥルムヴィント宮って名称に変更したんだって）に来訪してきた。

一応、先触れはありました。母上が宮を出て行ってから、三日後ぐらいだったかな？

うちの双子はそういったものを握りつぶすことはせず、ちゃんと僕のところに持ってきて、お返事を差し上げてくださいと教えてくれたからね。

王妃様の来訪目的は、間違いなく僕だった。

母上に用があるならマルコシアス家のほうに連絡を入れる。

ただ、今まで全く接点なかった人が、なんの用で？って疑問には思ったよ。僕には、王妃様が会いに来る心当たりがないし。

何よりも国王陛下だよ。王妃様がこっちと接触するのを嫌がってただろ？　あとでごちゃごちゃ文句垂れてきそうじゃないか？

そう思ったんで、国王陛下の許可をとってから、再度ご連絡くださいと返事。

そうしたらその翌日に、陛下からの許可はとったのでお伺いしますと、また返ってきたわけよ。

許可、とれちゃったらさぁ、会うしかないじゃない？　ここでお断り出したら、それはそれで、文句言いそうなんだもん。誰《だれ》がとは言わないけど。


僕の宮にやってきた王妃様は、僕の姿を目で捉《とら》えた一瞬、動揺した。

やっぱり、この顔かな？　あと髪の色もあるか。目の色を抜かせば、僕は国王陛下のミニチュア版だ。

王妃様に付き従ってぞろぞろやってきてた使用人たちも、王妃様と同じようなリアクションで、僕への興味が隠せてなかった。

挨拶を済ませ、準備していた部屋に通し、お互い向き合うようにソファーに座ると、王妃様のほうから話を切り出してきた。

「リューゲン殿下。貴方と母君への待遇に対して、王妃でありながら何もできなかったこと、申し訳なく思います」

そう言って王妃様は僕に深々と頭を下げる。

第一印象は、きつい印象の美女。輝くような黄金の髪に、ルビーではなくガーネットのような赤い眼。

子供相手なのに緊張しているのか、微妙に表情がこわばっていた。

あれかな？　今までこっちに何にもしてこなかったから、僕の不興を買ってるとか、そう思ってるのかな？

自分のほうが王妃で位も高いというのに、子供相手に律義な人だと思った。

僕としては、手出ししないでくれて、ありがとうって感じなんだけど。

だって、母上がこの宮にいた時点で、王妃様が僕たちのことに口出ししてきてごらんよ。王妃様の後ろというか隣というか、すぐ傍にいる人が、王妃様に何を吹き込んだ、とか。王妃様の手を煩《わずら》わせるな、とか。母上にいちゃもんつけてくるでしょう？

母上が側妃に召し上げられたときに、王妃様にご挨拶しようとしたら、関わるなと釘を刺してきたほどなんだからさぁ。

宰相閣下からどこまで聞いているのかわからないけど、僕は猫を被《かぶ》って王妃様の言葉に答えた。

「僕や母上のあの境遇をよしとしていたのは国王陛下です。王妃殿下がそのようなことをする必要はありません。僕と母上を気にかけてくださって、ありがとうございます」

そう言ってはにかみながら微笑《ほほえ》むと、王妃様は泣きそうな顔で、両手で口元を押さえ、お付きの方々は好意的な、まぁっという感嘆の声をこぼした。

もっと子供らしく無邪気な態度のほうがいいと思われるかもしれないが、それは悪手だ。あざといのは、かえってわざとらしく思われて警戒されるんだよ。

あと、僕のキャラ的に無邪気なお子様やると、そのうちボロが出るからね。続けられない。

だからここはあえて、控えめな態度で、王妃様に対して敵意は持っていないことを前面に押し出す。

実際、僕は王妃様に思うところは全くない。敵意もないしね。

母上が王妃になれなかったのは、国王陛下が母上という婚約者がいるのに王妃様に求婚したからだ。

母上を悲しませたのは、王妃様ではなく国王陛下である。

あと僕、男だから、一人の男をめぐって二人の女性がキャットファイトする状況は、下手をうった国王陛下には、指さしてプギャーって笑うけど、キャットファイトしてる女性二人には、なるべく口出ししたくない。

だからヒス状態で留まっている母上に、国王陛下捨てちゃえよって唆して、戦線離脱させたんだし。

王妃様は僕のことを健気《けなげ》な子供だと思ってくれたようだ。

僕の存在を好意的に受け入れて、今まで何もできなかったから何でも言ってほしい。離れて暮らすことになった母上の代わりだと思って、いつでも頼ってほしい、などなど言ってきた。

さすが国王陛下と同じ顔。しかも幼さも相まって、うまいこと王妃様の庇護欲をそそったようだ。

しかしここで調子に乗って、大げさに遠慮するのもいけない。マジでそれはわざとらしく見えるから。

ちょっと考えるように小首をかしげて、ただ感謝の言葉を述べる。

「ありがとうございます。王妃殿下のお言葉、本当に嬉《うれ》しいですよ」

言った後に小さく微笑んでみせたら、王妃様はもう我慢できないと言わんばかりに、身を乗り出してきた。

「遠慮しないで‼　あ、いきなり大きな声を出して、ごめんなさい。でも、本当に、何でも言ってちょうだいね⁉」

真剣なまなざしを向けてくる王妃様は、何なら今すぐにでも相談してくれと言わんばかりの勢いだ。

「あの、王妃殿下？」

ちょっと落ち着いてほしいと声を掛けたら、王妃様ははっとして姿勢を直し、目を伏せながら話し出す。

「今まで何もせずにいたくせに、何を言ってるんだって思われるのも仕方がないと思っているの。王妃の立場にいて、知らなかったなんて、無責任だものね。わたくしがリューゲン殿下や母君の状況に何もしなかったのは、許されることではないわ」

国王陛下のご機嫌をとっていただけるだけで充分です。とは本人に言えないので、ちらりとすぐ傍にいる宰相閣下を見る。

「それは、王妃殿下だけが責められることではございません。説明は私からしましょうか？」

え？　なに、王妃様が今までこっちに不干渉だった事情、聞かなきゃいけないの？

宰相閣下は、気がせいている王妃様に、ちゃんとした説明ができないと踏んだのか、助け舟をだす。

しかし王妃様は首を振って拒否をした。

「いいえ、わたくしのほうから」

今まで王妃様が動かなかったのは、王妃様のもとに、こちらの情報が入ってこなかったから、だそうだ。

王妃様の傍にいるお付きの侍女を筆頭に、王妃宮の上級使用人や女官、王妃様と顔を合わせている国王陛下の側近や宮廷使用人の全員が、母上と僕の状況が王妃様の耳に届かないように、細心の注意を払っていた。

当然のごとく、使用人たちは自ら進んで、こちら側の話はしないし、使用人たちが僕らの話をするにしても、王妃様が立ち入る場所では一切しない徹底ぶり。

母上が側妃として王宮に上がったときも、お茶会を開こうとしたのだが、その招待状は使用人たちに握りつぶされ、拒否されたと嘘《うそ》の返事をされたのだという。

母上からのご挨拶も同様で、王妃様には伝えず、国王陛下のほうへ伝えられたそうだ。

それが国王陛下から母上への、王妃様に関わるな発言に繋《つな》がるわけだ。

そうやって王妃宮の使用人やお付きの侍女たちが、一生懸命隠ぺい工作をしていたとしても、王妃様自身が、僕や母上の様子を気にして、どうなってるのだと聞いてくることもあった。

しかし、僕らのことを探るにしても、それを王妃様自身が自分で動いてやるなんてことはしないよね？　だいたいは自分の手足のように動く腹心に頼むものだ。

王妃様が変装してお忍びで側妃宮に潜入して探るなんてことは、そんなの本当に無理だからね。したくたってできないよ？

だって王妃様は国王陛下筆頭に、周囲から溺愛されてるんだから、監視とまではいわないけれど、何かあったときの対策として、国王陛下に忠義をささげている者が、かならず一人は傍にいる。

しかも王妃様の周囲にいる者は、側妃を敵とみなして、王妃様に近づけないようにしてるんだし、何が何でも王妃様の行動を阻止するよ。

王妃様は母上と違って、放っておかれている冷遇妃ではなく、国王陛下からの寵愛を一身に向けられて、周囲からは溺愛されてる、愛され妃だ。皆が放っておかない。

それに王妃としての仕事だってある。そんなお忍び行動できるほど暇じゃないんだよ。

結局は身近な侍女や腹心に指示を出して、探ってもらう方法になるのだ。

その侍女が情報遮断している一人なわけだから、当然、王妃様の元には、『何事もありません』と嘘の報告をされるわけだよ。

そんながちがちに固められた鉄壁の守りの中、僕らの話がどうして王妃様の耳に入ったのか？

凡ミスらしいです。

浮かれちゃったんだって。

王妃様の周囲からすると、母上の宿下がりと僕の王位継承権放棄と王籍離脱は、憎き側妃追放、我儘《わがまま》第一王子廃嫡、って具合に変換されて、やったー！　これで王妃様を煩わせる敵がいなくなったー!!って、大喜びされた。

普段であったなら王妃様の耳に入る恐れがある場所では、絶対に話をしないのに、これで王妃様も安心されるはずだとか、ぽろっとこぼしちゃったんだとか。

っていうか、王妃宮の全体が朗報に浮かれていたので、さすがに王妃様も何かあったのかと気が付く。

ただ、王妃宮全体がそのような雰囲気になった当初、何か祝い事でもあったのかと、王妃様は思ったらしい。

そこかしこでお祝いムードで、やっと王妃様のお心を煩わせる者がいなくなったとか、陛下の肩の荷もおりたとか、どうも誰かの祝い事ではなく、自分たちのことで騒いでる。

よくよく聞き耳を立ててみれば、側妃と第一王子の話っぽい。

そこでどうなっているのだと侍女に聞いたら、直にわかりますとだけしか言われない。

王妃宮の侍従も自分の身の回りにいる使用人も、王妃様にとっても朗報だと言わんばかりの様子に、王妃様の内心は不安と疑心とでいっぱいになって……。

自分に近しい使用人たちを集め、何を隠しているのだと問い詰めたのだという。

最初はいずれわかると言葉を濁していた使用人たちだったが、王妃様の剣幕に圧され、側妃が追放され第一王子が廃嫡になったと伝えられた。

なんでそんなことになったのだと、王妃様は驚き混乱するものの、そんなふうになるまで側妃と第一王子のことは、自分のところに何も情報が入ってきていない。使用人たちが言った追放と廃嫡はどこまで信用できる内容なのか？

もう疑心だらけの王妃様は、国王陛下と宰相閣下のもとに行き話を聞き……、そこで全部の事実が明らかになった。

国王陛下は側妃と第一王子を冷遇して、国王陛下の愉快なお仲間たちと使用人は、第一王子を王位に就くには不安な人物になるように誘導し、そして王妃様のところには、側妃と第一王子の話が届かないようにされていた。

側妃は追放ではなく、フルフトバール侯爵が宿下がりを申し出て、第一王子は廃嫡ではなく、成人したら継承権を放棄し王籍を抜けてマルコシアス家を継ぐのだと判明した。

まぁ、だいたい僕が予想していた通りの状況だったわけだ。

だってねぇ、母上のことは王妃様も複雑だったと思うから、動かないのは女性としての蟠《わだかま》りがあってもおかしくない。

だけどいくら自分が産んだ子供じゃないにしても、王位継承権第一位を持っている第一王子なのだから、ラーヴェ王国の王妃として、次期国王になる第一王子の様子見や、必要があれば指導するなどしていかなければいけない。

僕に対してのそういった干渉が、王妃様からはなかった。

これはもう、王妃様の周りで何かしらの動きがあったのだと、僕はそう思っていたし、実際その通りだったわけだ。

「わたくしのあずかり知らない所であったとしても、彼らを御することができなかったのは、わたくしの責任です。そして彼らにそのようなことをさせてしまったのは、わたくしの落ち度。言い訳はしません。本当に申し訳ありません」

王妃様は再度僕に向かって深々と頭を下げた。

う～ん、これは僕から何か言わなきゃ収束しないよね。

「王妃殿下、顔を上げてください」

顔を上げる王妃様に、僕は困ったような顔を見せた。

「王妃殿下は何もしなかったと悔やまれていますが、僕、そのことは気にしてないんです」

むしろ余計な手出ししないでくれてありがとう。

「でもっ」

「何か事情がおありだろうということは、なんとなくわかってました。それに王妃様が手助けをしてくださっても、きっと母上は意固地になってしまったと思いますよ」

「リューゲン殿下……」

最初が肝心なんだってぇのに、国王陛下が王妃様に関わるなとか、言ったせいでよぉ。母上の王妃様に対する心象が悪くなった要因の一つだからな。

「だから、気にしないでください。それにもう全部済んでしまったことですからね」

控えめに微笑んで、これ以上の謝罪は不要だと話を終わりにさせようとしているのに、王妃様はそうではないようだ。

「では……、リューゲン殿下が、今、困っていることなどないかしら？」

王妃様が引いてくれないことに困ってます。とは言えない。う〜ん、これは何か要求しないと、納得してくれない流れだ。

「では、一つだけお願いしたいことが」

「何かしら⁉　何でも言ってちょうだい！」

めっちゃ食いついてくるなぁ。

「僕、リューゲンの名前は返上するので、アルベルトと呼んでほしいです」

宰相閣下も僕の名前を呼ぶときは、『リューゲン』だったけど、離脱が決まってから母上がつけてくれた『アルベルト』に変えていた。

母上とおじい様は最初から僕のことは『アルベルト』だし、僕の傍にいる双子を筆頭に、周囲の使用人たちも、もとから『アルベルト』としか呼ばない。

成人したら王族とはさよならバイバイだし、国王陛下の子供である『リューゲン』ではなく、マルコシアス家の『アルベルト』になるっていう意思表示？　ケジメって感じかな？

本音は、国王陛下から貰《もら》った名前なんざ、いらねーんだよなぁ。

そして名前のことを言ったら、王妃様の戸惑いが見えた。

「リュ……いえ、アルベルト殿下は、本当に王位」

「王妃殿下」

王妃様の言葉を遮《さえぎ》るのは不敬とも捉えられるだろうに、宰相閣下は強く王妃殿下に呼び掛け、その先を言わぬようにと、無言で首を横に振った。

王妃様が何を思っているのか、知りたくもないし探りたくもない。

そのあとは、母上がいなくなって大変だろうから、困ったことがあったらいつでも頼ってほしいだとか、今度は王妃宮に来てほしいだとか、まぁ色々言われて、それに対して僕は無難な答えを返し、その日はお帰りいただいたのである。

お茶会というよりも、情報共有会のようなもの

ってことが四年前にあったわけだ。

それからちょくちょくというか頻繁に、王妃様のお茶会に呼ばれるようになってしまった。

一回はね、義理と、僕は王籍抜けるけど、王妃様と第一王子の間には、軋轢《あつれき》はないよというパフォーマンスも必要だろうなと思ったので、受けたんだよね。

そんなの無視すればいいじゃんって思うかもしれないけど、余計な勘繰りを避けるためには必要なんだよこういうの。

やっぱり王位諦《あきら》めてないんだろうって疑われないためにね。

一応、上層部……国議に出席する貴族には、僕の継承権放棄と王籍抜けのことは報告しているそうだ。当然議会は紛糾したけど、そこは宰相閣下の腕の見せ所で、会議参加者の全員から承認を得ている。

だから、国政に携わっている上層貴族の一部は、僕の件は知っている。

そこで、僕と王妃様が不仲であると思われるような様子をみせたら、勘繰ったりするよねぇ？

特に第二王子にくっついてる貴族とかは。

だけど、こういったお誘いは、一回受けちゃうと、また来るんだよなぁ。

しかもさ、月一とか多いときは月二、微妙に断りづらい間隔。唯一の救いは非公式のお茶会ってことと、出席者は僕と王妃様と宰相閣下だけってことかな。

初回のお呼ばれは王妃様と二人だけだったけど、二回目以降からは、必ず宰相閣下が同席することになったんだよね。

っていうか、王妃様、最初の二人だけのお茶会の時に、失敗ではないけど、言っちゃうと障りが出てくることをポロリしちゃったのだ。

何をポロリしたかと言うと、「本当に王籍を抜けるのか?」とか、「もしよかったら自分が代母になって後見するから、継承権放棄は考え直さないか」とか。

お茶会自体は非公式のものだし、王妃様の発言は外に漏《も》れることはなかったけど、報告はするよね。うちの双子が宰相閣下とおじい様に。

もちろん、王妃様は宰相閣下からおやめくださいときつく上申され、おじい様からは王妃様と二人だけのお茶会禁止令が出された。

宰相閣下、今までのことがあって、僕に関しては、過敏になっちゃってる。

誓約書は作っちゃったから、心情は諦めきれないけど、僕が国王になるのも王族のままでいることも、もう無理であることは理解してる。

今まで僕に干渉しなかったから、あんなことになってしまったし、させてしまったという後悔もある。王位には就かないし王籍からも離れるけど、僕とは友好な状態を保っておきたい。同じ轍《てつ》は踏まないという宰相閣下の決意の表れだ。

王妃様はある意味宰相閣下と同じく、規律を重んじ公平な考えの持ち主だから、正しき継承権の持ち主が王になるべきだと、暴走しかけたのだろう。

うちの双子の調べでは、王妃様は、自分の子だから第二王子が王になるべきだとは考えておらず、第二子の我が子は王を支える臣下としてあるべきと考え、第二王子殿下には、王妃の子だからと驕《おご》るな慢心するな、第二王子であるその身は、いずれ王となる第一王子殿下の礎たれと、常からそのように言い聞かせていたらしい。

だからこその、考え直さないか発言だった。

まぁそれがおじい様と宰相閣下の耳に入って、次回からは二人だけのお茶会禁止令が発動されたんだけどね。

宰相閣下も忙しいだろうし、その手を煩《わずら》わせるのも悪いから、お茶会自体をお断りしようとしたんだ。

そうしたら、宰相閣下から『どのみち殿下の様子見は必要でございますので、王妃殿下のお誘いはお受けください』と言われてしまったのだ。

王妃様のミスはひとえに情報共有がちゃんとされていないことだ。

どうやら王妃様は、僕の継承権の放棄と王籍離脱は、おじい様が国王陛下と宰相閣下に言い出して決まった内容だと思っていたらしく、誓約書のことは知らなかった。

王妃様の仕事は内向きのことがメインといえども、継承権が絡《から》んでいる話なのだから、当然のことながら王妃様にも知らせなければいけないというのに、国王陛下は話していなかった。

それを知ってから、誰《だれ》が言い出したわけでもないのだが、王妃様との非公式のお茶会は、僕と王妃様と宰相閣下の情報共有会になったのだ。

情報共有の場……、どんな情報の共有か。

まぁ色々だけど、まずは国王陛下に忖度していた人たちの処分がどうなったのか。

これはおじい様からも聞かされていたので、僕は知ってるんだけど、王妃様は王宮の使用人たちのやらかしも、周囲の使用人たちから情報遮断されていたから知らないのだ。

まず、王宮の侍従長と侍女長は降格。一番下の部署に異動配置。あと減給処分。

彼らは僕に対して身体を傷つけることはなかったし、言葉の刃で蔑《さげす》むことも、無礼な態度をとって僕を貶めたのでもない。

僕を褒めそやしたことは、首を斬るほどの罪だったのか？　では王族を褒め称えることは罪になるのか？ということだ。

彼らの罪は、やるべきことをしなかったことだ。

これで斬首というのはやり過ぎである。

ついでに王宮使用人全体の再教育が決行された。

次に宮中大臣。大臣職を罷免し、他部署である書庫管理部署の下位文官に異動配置。宮廷貴族であるので降爵。あとやっぱり減給処分に、そこから母上と僕に慰謝料を支払うことが決まった。

この処分は、彼は国王陛下に何度か僕らのことを進言していた温情もある。

それに何よりも国王陛下の態度が一番の問題だった。不愉快そうな表情で『いいようにしろ』なんて、どうとでも取れてしまう。

一大臣といえども、王の不興を買ってしまったらという不安もあって、もうそれ以上はなにも言えなかったとの自白もあった。

とはいえ、こういうことは宰相閣下に相談しなければいけなかったのに、なぜそれをしなかったのか？

まず国王陛下の指示に、側近連中が何も言わなかったことが起因だった。もしや宰相閣下も同じお考えなのでは？と疑心暗鬼にとらわれたそうだ。

だからといっても放置は許されることではない。

それから、財務大臣。やったことは横領ではなく、側妃と第一王子の予算の横流し。しかも独断。

いくら忖度だから〜といってもこれはねぇ？

ただ側妃と第一王子の予算を着服したのではないことが、ネックなのだ。

着服したその金で贅沢な生活をしていたわけでもないのに、一族郎党にまでその罪を被《かぶ》せるのはどうなのかという話になった。

でもここで財務大臣だけの処罰だと、残された彼の家族からの逆恨みが懸念される。

やっちまった財務大臣と一族郎党は、爵位を剝奪《はくだつ》した上で鉱山での終身労働が決まった。横流しした予算とマルコシアス家への賠償金をそれで支払えということだ。

一応終身労働という形にはなっているけれども、そこの労働で賠償金を払い終えたならば、犯罪労働者という身ではなくなるので、そのあとは鉱山に残るも出ていくも好きにすればいいということになっている。

まぁ、おじい様は不穏分子を放置しておくほどお人好しではないので、彼らの見張りと定期的な報告を受けているようだ。

最後の問題、国王陛下の愉快なお仲間である側近二人。

エルンスト・ハント卿とゼルプスト・フース卿は国王陛下が幼少のころに側近候補として選ばれ、それから正式に側近になった方々だ。

幼少期に候補として選ばれているということは、それなりの家柄の人間で、王家と懇意である高位貴族の血縁者なのだ。

ハント卿の実家が公爵位で、フース卿の本家が侯爵位、しかも名ばかりの爵位ではなく、しっかり王国に貢献している有力な家門なわけですよ。

あいつらはどうでもいいけど、公爵と侯爵を族滅させると、国力的に弱体化するんですわなぁ。

そんなの関係ない、一族郎党斬首、処刑一択!!って言うのは易いけど、そう簡単にはいかねーんだわ。

ラーヴェ王国の公爵家は二家、侯爵家は四家。

二家の公爵家の一つは先代国王陛下の姉君が降嫁した先で、そこはハント卿のご実家ではない。

しかし、公爵家が一家だけになるのはよろしくないのだ。

そしてフース卿の本家はいわゆる軍閥系というか、国軍の騎士や王族の近衛騎士を多く輩出している一門。

あー、もうめんどくさい!!　あいつらなんで国王陛下の尻馬《しりうま》に乗った!?

あいつらは自分の首一つで済むと思っただろうけど、王位継承権の横やりが、そんなもんで済むわけねーだろうよ。もうちょっと頭働かせて?

あいつらが国王陛下を止めなかったのは、立場よりも親友として応援したかったとか、そういった人情的な感情を優先したからなんだろうけれど、親友ならなおのこと止めろよぉ。

話ズレた。

国王陛下の愉快なお仲間たちがどうなろうと、マジでどうでもいいんだけど、それで国力を支えている二家門を潰《つぶ》したら、そこを他国に突かれて、ラーヴェ王国の切り崩しにかかられる可能性も、無きにしも非ず。

諸外国との現状は、和平協定が結ばれて友好関係を保っている。

ラーヴェ王国は小国ではないけど大国でもなく、近隣諸国からの侵略の気配はないが、仲良くやってるから安心、なわけねーんだわ。そんな楽観視してたら、いつの間にか王国ぶんどられましたってことになりかねない。

本来なら愉快なお仲間たちは族滅。全員首斬り。だけどそんなことしたら、国力弱体化。

そこで家門トップの首脳会議が開催された。

っていうか、ハント卿のご実家のご当主である兄君の公爵と、フース卿の本家のご当主である侯爵が、処罰云々はともかく、とにかく、あいつらがマルコシアス家に喧嘩《けんか》を売った詫びを入れさせてほしい、賠償金というのか慰謝料というのか、それを支払わせてほしいと、おじい様にアポを取ってきていたのだ。

ちゃんとしたお家の方々じゃないか。なんであんなバカやった？　国王陛下と近すぎて、勘違いしたのか？

それで、あいつらがやらかした賠償金なのか慰謝料なのかはわからないけど、それをマルコシアス家に支払うことで、族滅というのは無し。

ただやらかした本人たちと、その家族（一親等）は絞首という話になった。

これは建前《たてまえ》の話で、絞首という刑が執行されたという体で、マルコシアス家の本拠地フルフトバール領で死ぬまで働いていただくということだ。

ただし表向き死んでいるので、名前も変えて平民として生きていくことになる。

張本人たちも、死んだことにして名前変えて平民処遇というのは同じだけど、あいつらは家族とは別のやべー場所にいる。

あいつら、まだ保ってるのかな？　あそこは相当やべーって話だからなぁ。

本当に刑を執行しなかったのは、温情とは違うけど、僕が王籍を離れる理由をつくってくれた報酬のようなものってところかな？

おじい様はもとより自分の跡継ぎとして、母上が産んだ子供、自分の孫に継がせたい。

僕は、国王なんてやりたくない。平民になってでもいいから王籍抜けたい。

最初から、僕とおじい様には王籍から抜ける思惑があったのだ。

そうしてあいつらは、僕らの都合がよくなる方向に事を起こしてくれていて、継承権放棄と王籍を抜ける口実をつくってくれた。

王宮の侍従や侍女もだけど、愉快なお仲間が僕にしたことって、物証が残るようなことではないのだ。あるのは人証のみ。

口裏合わせてそんなことしてませんと言われたら、どうにもならない。まぁ全員素直にゲロってくれたので、刑罰の執行ができたんだけど。

証拠はなくともされたことは事実だし、こちらも面子があるから、無罪放免にはしない。さすがにそこまで甘くねーわ。

他から侮られて、マルコシアス家には何やっても許されるなんて思われるのは、そりゃぁ業腹だ。落とし前はつけさせてもらう。

かといって、奴《やつ》らの首にどれほどの価値があるのか？

おじい様は国王陛下の首ぐらいは欲しいかもしれないけど、おまけの首なんか、クソの役にも立たないからいらない。物言わぬおまけの首を貰《もら》うよりは、有効活用できそうな労働力として奉仕してもらうほうが建設的だとおじい様は考えたのだ。

何より死んで終わりというのが、猛烈に腹立たしい。死ぬよりも、苦しんで絶望しながら生かすほうが、あいつらにとっては効果がある。

そんなわけで、張本人とその伴侶、それから製造責任者の、最低人員の落とし前で、手打ちにしたのだ。

次は、王妃様のほうの情報で、王妃様に情報隠ぺいした王妃宮での話。

まず王妃様に近いお付きの侍女、王妃宮を統括している侍従長と侍女長も併せて、王妃様の采配で全員解雇したとのこと。

お付きの侍女の中には、王妃様の故国から一緒にくっついてきた腹心の侍女もいたが、故国に戻し、王妃様のご実家で監視しながら一から教育のし直しをしているそうだ。

王妃様は、僕の母上をともに国王陛下を支える同志だと思っていたし、自分のせいで側妃という立場にしてしまったことに、深い負い目を感じている。今回のことは、どれほど母上に謝罪しても、許されてはいけないことだと認識している。そして王妃宮の全員に対しては誠に遺憾に思うと通達した。

今後、少しでも、王宮に残された第一王子に害意や賊心があるのなら、王妃宮から他の宮に移るように手配する。しかし他の宮に移ったとしても、第一王子への態度を改めなければ、どこの宮でも受け入れてもらえないし、解雇という形になることを心しておくようにと告げたそうだ。

そこからどれだけの使用人がいなくなったのか、そこまで僕は聞かなかった。聞いてもどうしようもないし知りたくもないしね。

あと、王妃様が自分や第二王子に、側妃や第一王子の予算を横流しされていたことを気づけなかったのは、例の財務大臣が、王妃様や第二王子の私用予算に、直接全額を振り分けていたのではなく、例えば王妃宮や第二王子のいる王子宮の維持費、王妃様主催のお茶会や夜会の費用、第二王子の外遊の費用に回していたからだった。

それで、年度末あたりに、王妃様や第二王子の私費のほうに少しずつ増やして、その増えた理由は、前年度に比べて外交等が増えたので、それだけドレスやアクセサリーも新調する必要があると報告をされていたそうだ。

そういうところは頭回るんだな。

だったら横流ししたらどうなるか、考えついてもいいものを……。過ぎたことを言っても仕方がないか。

王妃様はお悩みのご様子

王妃様と宰相閣下との非公式のお茶会は、だいたいそんな感じで、僕陣営と王妃様陣営の情報の擦《す》り合わせとか、僕の近況報告とか王妃様の近況報告とか、そんなことを話している。

それでおじい様から、母上が再婚するので王都へ来るという話を聞いた後の王妃様とのお茶会で、王妃様から遠慮がちに話を切り出された。

「アルベルト殿下、リーゼロッテ様が再婚されると、お聞きしたのだけれど」

「はい、そのようですね」

「……お頼みしたいことがあるのです。聞き入れてくださらなくてもかまわないので、話だけでも聞いていただけませんか?」

非公式だからほとんどは砕けた口調で話す王妃様だが、母上の話になると、途端《とたん》に丁寧な言葉遣いになってしまう。

「どうぞ?」

「リーゼロッテ様にお手紙を差し上げたいのです」

なんだ、そんなこと……、と思うなかれ。

王妃様と母上の間にあるものって、とても複雑なものだ。お互いに向ける感情や想《おも》いを、王妃様の周囲によって捻じ曲げられてしまった。そのため王妃様は母上とどう接していいのかわからなくなってしまったのだ。王妃様は王の子を持つ母として、交流したい。でも、母上が王妃様をどう思っているのかわからない。慎重になってしまって、母上に近づく一歩が踏み出せない状態なのだ。

「今までその機会は確かにございました。しかし、リーゼロッテ様がフルフトバール侯の元にお戻りになった理由や経緯、それにリーゼロッテ様のお心を考えると、すぐにお手紙を差し上げることができませんでした」

「そうですね。あの時すぐに出されても、母上の元には届かなかったと思いますよ」

特におじい様が許さんからな。

「この再婚は下賜《かし》であると」

「母上とどうしても添い遂げたかったようで、頑張ったそうです」

誰《だれ》がとは言わない。王妃様だって前回の教訓で周辺の人員整理をしたし、そういう情報だって独自に手に入れるルートを開拓してるはず。

「リーゼロッテ様は、この再婚をどう思われていらっしゃるのでしょう?」

「嫌ならお断りすると思いますよ」

恋に夢見てるお姫様な人だけど、好悪ははっきりと言うから、受け入れられないなら、この話は最初から出てこなかったはず。

それにおじい様は、もうそんな結婚を母上にはさせないと言った。

僕も再婚のことはまだ母上から聞いてないんだよね。っていうか、手紙は頻繁にやり取りしてるんだから、教えてくれても良かったのに。

意外とお茶目なところもあるから、驚かせたかったのかな？

僕が感慨に浸っていると、王妃様は躊躇《ためら》いがちに心情を漏《も》らした。

「わたくしからお手紙を差し上げてもよろしいのかしら……」

まぁ、だいぶ吹っ切れてるしねぇ。だから再婚するんだろうし。

「お手紙、お預かりしましょうか。母上にお話しして、読みたいと言ったなら渡します。嫌だと言ったらお返しにあがります。それでいいですか？」

僕の提案に王妃様は途端に表情を輝かせる。

「えぇ、もちろん！　それでかまいません。お頼みしてもいいかしら？」

「はい、お引き受けします」

「アルベルト殿下、わたくしの頼みを聞き入れてくれて、ありがとうございます」

嬉《うれ》しそうにはにかむ王妃様を見ていると、まるで片恋の相手へ手紙を渡してもらえると喜んでいるようだ。

国王陛下に嫉妬《しっと》されないように気をつけなよ？

「あ、それから、もう一つ。これはアルベルト殿下に、なのだけど」

「なんですか？」

「その……、イグナーツのことです」

名前を聞いた途端、内心うわ～って気持ちになった。表情に出すようなへまはせんけどな。

王妃様が口にしたイグナーツなる人物のフルネームは、イグナーツ・シュテルクスト・ツェ＝イゲル・ファーベルヴェーゼン・ラーヴェ。

お察しの通り、王妃様のご子息でラーヴェ王国の第二王子殿下。

僕の腹違いの弟くんである。

う～ん、彼のことはね、一言では説明できないんだよね。

まず、一応、顔合わせはしているんだよ。

この王妃様のお茶会が初対面だったかな？　ほら僕、王子宮ではなく母上と一緒に暮らしていたじゃない？　母上がいなくなった後も、王子宮に移るのではなく、そのまま同じ宮で暮らすことになったし、社交のデビューもしてないから式典にも出てない。

顔を合わす機会が、それまで一度もなかったんだよ。

それで三度目、いや四度目だったか、宰相閣下と王妃様のお茶会に訪れたら、王妃様と一緒にいたんだよね。

第二王子殿下ことイグナーツくんは、これがまぁ、王妃様によく似てること。

王妃様に似た容姿に黄金色の髪、瞳《ひとみ》の色は国王陛下と同じ紫の瞳だけど、それも相まって国王陛下はさぞかし可愛《かわい》く思うだろうなっていうのが、わかりましたよ。

イグナーツくんはもともと無口なのかもしれない。彼は始終沈黙したまま、王妃様の話や僕の話を聞いていたけど、ただなんて言うか……、お茶会が終わるまで、僕の顔から視線を逸らすことなくじっと見てんだよ。

王妃様との初対面とデジャブったわ。

そこから接触解禁されたと思ったのか、王妃様を通してではなく、僕の宮に訪問したいと連絡があって、何度か会ったんだけど……。

最初は、王妃様の前だったから何も言えなくて、直で何か言いに来たのかなと、勘繰ったんだよ。

そしたらうちの双子が。


「第二王子殿下は、裏表の激しい人物ではございませんでした」


って言ってきた。

『でした』って、なに？　それを知ってるってことは、何度かあっちに潜り込んでるって言ってるのと同じなんだよ。

王子宮に何者かの侵入形跡があったという情報は入ってきてないから、気づかれてないと思うけど、やめなさいよそういうことは。バレたら大ごとになるでしょ？

バレないと思うけど、僕の心臓に悪いからやめて。

まぁそういうわけで何度か会ってるんだけど、イグナーツくん、本当に寡黙なんだよ。ほとんどなんも喋《しゃべ》らんの。ただ僕の顔を見に来て、一言二言喋って帰っていくわけね。

何をしたいのかさっぱりわかんない。

そのイグナーツくんの名前を出してきた王妃様に、内心身構えながら伺う。

「どうしました？　学問、剣術、ともに素晴らしい才があると、僕の耳にも入ってきますよ」

「そうね、どちらもまじめに取り組んでいるわ」

「なにか懸念がおありですか？」

「あの子、アルベルト殿下と一緒に、剣術の稽古がしたいと言っているの」

「それはまた……」

以前一緒に勉強したいって言った時に断ったから、今度は王妃様越しに言ってきたんだろうか？

マジで何を考えてるのか読めないわ。

四年ぶりの母上はとてもお元気だった

イグナーツくんの件は、保留にしてもらった。

これにはちゃんと訳がある。イグナーツくんと剣術の稽古がしたくないとか、そうではなくって、もっと根本的な問題が、僕にはあるんだよ。

それよりも何よりも、まず四年ぶりに会う母上のことだ。

手紙は頻繁にやり取りしてたから、元気でいるのは知ってた。けど、やっぱりね。ほら四年も離れていると、考え方も変わってるだろうし、あの不誠実な国王陛下との子供なんかいらねーって思われるんじゃないかって、母上に会う前日まで、そう思っていた自分を指さして笑ってやりたいわ。

母上が王都のタウンハウスに到着し、国王陛下と離縁の手続きを神殿で行ったりとか、母上と王家との間のもろもろのことが終了した三日後。

迎えに来たおじい様と一緒に馬車に乗って、ようやく母上に会うためにマルコシアス家のタウンハウスを訪問した。

お屋敷という規模がマヒしそうだ。侯爵家だしねぇ、そりゃぁ、タウンハウスでも城に近い建物にもなるか。

「アルベルト！」

馬車から降りた僕に声をかけたのは、お屋敷から飛び出てきた母上で……。

「アルベルト！　わたくしの可愛《かわい》いアルベルト！　会いたかったわ！」

勢いよく駆け寄ってきた母上に、むぎゅーっと抱き付かれてしまった。

「お顔を見せて？　あぁ、しばらく見ないうちに大きくなって」

母上は緑の瞳《ひとみ》を潤ませながら、僕の顔を包み込むように両手で触れて、顔を覗《のぞ》き込む。

「母上、泣き虫なのはお変わりありませんね？」

「だって、やっと貴方と会えたのよ？　あの時貴方も一緒に帰れるものだとばかり思っていたのに」

せやな、宰相閣下が駄々こねなかったら、帰れたかな？

いや、やっぱり無理だ。病気でもない王族が、王城から出るなんてことはない。

「リーゼ、いつまでも、このような場所で話してないで、中に入りな……」

母上を追いかけてきただろうご婦人が、言葉を途切れさせ、驚いた表情で僕を見つめていた。


「ウィルガーレン」

誰《だれ》？　僕のこと？

ご婦人が驚いたのは、僕が国王陛下そっくりな顔だからかな？と思ったけど、口に出したのは、国王陛下の名前ではないし、今まで一度も、聞いたことのない名前だった。

「ごめんなさい、お母様。四年ぶりなんですもの、我慢できなかったのよ。アルベルト、貴方は初めて会うことになるわね。貴方のおばあ様よ」

母上に紹介してもらう前から、なんとなく当たりはつけていたけど、そうか、この人が母上のお母様。僕のおばあ様か。

先ほど驚きの表情で僕を見つめていたおばあ様は、おっとりとした笑みを浮かべる。

「はじめましてね、アルベルト。会いたかったわ。おばあ様にもお顔をよく見せてちょうだい」

おばあ様も傍に寄ってきてハグをしてから、僕の顔を覗き込む。

「マルコシアスの銀眼ね」

おばあ様は母上のように涙ぐみながら、僕とチークキスをした。

馬車から降りてきたおじい様が、おどけた口調で母上とおばあ様に声をかける。

「なんだなんだ、私の美しい妻と愛しの娘は、外での茶を所望か？　良い天気だが、いささか日差しが強すぎるのではないか？　お前たちの白い肌が痛まないか心配だな」

「まぁ、お上手なこと。おかえりなさいませ、ギル」

おじい様はおばあ様の手を取って、その指先に口づける。

「ただいま、ヘンリエッタ。さぁさぁ、皆、中に入って一息つかせておくれ」

おじい様の一声でもって、僕らは屋敷の中へと入った。

家族用の団らん室で、すでに準備されていたお茶を出される。

ゆっくりとした空気の中、僕はおばあ様に訊《たず》ねた。

「おばあ様、差し支えなければお聞きしたいのですが、ウィルガーレンとは、どなたなのでしょうか？」

僕の質問に隣に座っていた母上も、誰？みたいな顔をする。

「ウィルガーレン、様？　あら、でも、どこかで聞いたことがあるような」

そうか母上も知らない人か。

誰だったかしらと考えこむ母上に、おばあ様もおじい様も苦笑いを浮かべた。

「ウィルガーレンは、私の弟だ。成人する前に亡くなってしまったのだがね。そうか、ヘンリエッタもウィルを連想したか」

「ええ、お顔は全く似ておりませんのにね。どうしてかしら？　小さなウィルガーレンが現れたのかと思ってしまったわ」

顔、顔ねぇ……。おばあ様の言葉に、僕は思わず母上を見つめる。僕の視線に気が付いたのか、小首をかしげ微笑《ほほえ》む。

「どうしたの？」

「いえ……、もう、良いのかなぁって」

僕が何を言いたいのか、母上も察したようで、持っていたカップとソーサーをテーブルの上に置いた。

「ごめんなさいね、アルベルト。あの宮にいた頃のわたくしは、貴方にとってはいい母親ではなかったものね」

「いい母親でしたよ。母上の愛はちゃんと伝わっていました」

「そう？」

「むしろ、今、母上は僕を見て」

母上はテーブルの上に置いてある茶菓子のクッキーをつまむと、そのまま僕の口にくわえさせる。

うん？　ほんのりジンジャーの味がする。美味《おい》しい。

「わたくしのお話を聞いてくれるかしら？　アルベルトからすれば、とてもつまらなくてくだらないと思うかもしれないけれど、できれば貴方に聞いてもらいたいのよ」

口の中に入れられたクッキーをサクサクと噛《か》み飲み込んで頷《うなず》くと、僕の口周りについたクッキーのカスを母上がハンカチで拭ってくれる。

「三日前、神殿で離縁の手続きのために陛下とお会いしたの。お会いできて嬉《うれ》しい気持ちはあったのだけど、でもそれは、離れていた友人に会えたような感覚なのかしら？　今までのような意味で、心が躍らなかったのよね。かといって嫌いだとか憎いだとか、そんなふうにも思えなくてね。わたくしのことお人好しだと思う？　でも、人を憎んだり嫌ったり、やっぱりわたくしには向いてないのね。王妃殿下にも、随分と見当違いな八つ当たりで嫉妬《しっと》してしまったわ」

あ～、やっぱり母上の国王陛下に向けていた想《おも》いって、恋だったんだねぇ。

そっかぁ、そういえば前世で、男は名前を付けて保存、女は上書き保存って、そんな話よく聞いたわ。

国王陛下は名前を付けて保存してるから、終わってるのにぐだぐだ離縁を引き延ばして、母上は上書き保存で吹っ切れてしまっていると。

やっぱ国王陛下には指さしてプギャーってしてやりてぇな。それか、ねぇ、今どんな気持ち？どんな気持ち？ってトントンするのでもいいけど。

「もともとわたくしの一目惚《ひとめぼ》れから始まったでしょう？　当時の情勢が、陛下のお傍にいたい私の願望とうまく重なって、話が進んで婚約者になれた。陛下はね、婚約時代、とても誠実にお付き合いしてくださっていたのよ？」

へ〜、誠実ですか。ふ〜ん、そうなんだぁ。

僕の表情を見て母上は声を殺して笑う。

「ふふっ、信じていないわね？　でも本当に、良くしてくださったの。月に一度の親睦のお茶会はもちろん会ってくださったし、夜会に出席するときは必ずご自分の服とおそろいのドレスを贈ってくださった。エスコートもちゃんとしてくださったわ。夜会で置き去りにされるということもなくって、お知り合いの方々にも一緒にご挨拶《あいさつ》していただけたし、終わったらちゃんと送り届けてくださった。会うときは必ず花束《はなたば》を持参していらしたわ。誕生日もね、わたくしが欲しいものを事前に調査してくださって贈っていただけたのよ」

それ本当に国王陛下ですか？

今のアレとは考えられない……っていうか、王妃様には似たようなことちゃんとやってるわな。

「婚約者であった時、陛下のわたくしを見る目はいつも穏やかだった」

そう言われても、全く想像できないんだよなぁ。そんな目で母上を見る国王陛下というのが。

だって、側妃宮だった頃のあの場所にやってきた国王陛下は、いつも母上に対して蔑《さげす》みの視線を向けていたし、僕には出来損ないの忌々しい子供という目を向けていた。

「アルベルト、貴方は信じられないと思うかもしれないけれど、婚約が白紙になって、陛下はわたくしに頭を下げてくださったの。わたくしを下に見ていたわけでも、婚約が嫌だったわけでもないのだと。王妃殿下に恋をしたけれど、わたくしのことがあるから諦《あきら》めようとも思っていたのですって」

じゃぁ諦めろよと、僕だけじゃなくって、きっと他の人だってそう思う。

「でも……、王妃殿下は故国で、多くの人の目がある場所で、大変に屈辱的な目に遭われてしまわれて……。陛下は愛しく想っている人を、そのような目に遭わされるのが許せなかったのね。自分の心を制御できなかったと仰《おっしゃ》ったわ」


ここで、かつて国王陛下と王妃様の間に何があったのか、少し説明しようと思う。

国王陛下は成人前の二年間、隣国の王立学園に留学していた。

その時、王妃様と出会って恋に落ちたというわけなのだけど、王妃様は隣国の王家の血を引く公爵家の姫君で、当時隣国の王族第二王子殿下と婚約していたわけだ。

この流れ、察しのいい人は何か勘づいたんじゃないか？　僕は、あ～、そっちでもそういうのがあったのかぁ〜。この世界の王族、頭沸いてる奴《やつ》多いな、と思った。

王妃様のご実家には弟君がいたので、隣国の第二王子殿下は王妃様のご実家に婿入りではなく、結婚したら大公家を興すことになっていた。が、学園の卒業パーティーで、隣国の第二王子殿下はやっちまった。

王妃様に冤罪を掛けて婚約破棄。

王妃様は、冤罪を掛けて婚約破棄を言い放った隣国の第二王子殿下を逆に断罪返しして、自分の身の潔白を主張。でも第二王子殿下は逆切れかますし、会場はカオスだし、あと、やっぱり女性が婚約破棄をされるのはね、瑕疵《かし》がなくても醜聞なわけだよ。

そこでわれらの国王陛下の出番。

この流れ、わかるよね？　わかっちゃうよね？　国王陛下はそこでやっちまったんだよ。婚約破棄された王妃様にプロポーズを。私の妻になってくださいって言っちまったんだよ。

これが、国王陛下と王妃様の間にあった、世紀のラブロマンスというわけだ。

公衆の面前、隣国の高位貴族だけではなく、周辺各国の高位貴族なんかもいた場所での出来事で、やったことをなかったことには、できなかった。

隣国とラーヴェ王国で話し合いが行われ、この醜聞の収拾として、建前《たてまえ》上は友好関係を強めるものとして、国王陛下と王妃様の婚姻が成立してしまったのである。

とばっちり喰《く》ったのは母上だ。隣国の第二王子殿下は、平民上がりの男爵令嬢を自分の妃にしたいがためにやらかしたので自業自得。

「婚約が白紙になったとき、とても悲しかったけど、でもね、同時に仕方がないと観念した思いもあったの。だって陛下が王妃殿下を見つめる目はとても情熱的で、わたくしには一度もそんな目を向けてくださらなかったのだもの」

「諦めたのに、側妃になっちゃったんですか？」

「もしかしたらと、思ってしまったのよ」

もしかしたら？　う～ん、国王陛下に愛されるとか？　王妃様ラブ状態を見てるのに、そう思うか？

「王妃殿下のように愛されることは無理だけど、以前のような関係を続けていけるのではないか？とね。だって、嫌い合っていたわけでも憎しみ合っていたわけでもないのだもの」

そこは、側妃としての覚悟はできていたんだよなぁ。妃として国王陛下の寵愛を独り占めしたかったわけでもなかった……と。

やっぱりさぁ、母上がヒスってたのって、国王陛下が下手うったせいじゃん。

「陛下は、妃を二人持つことには向いていなかったのね」

う、う～ん。それなら最初から側妃を召し上げるのは反対しとけって話になるんだけど、こればっかりは陛下の意見は押し通せない。

母上を側妃として召し上げたのは確かに王命だけど、側妃を召し上げるようにという国議がね、あったはずなんだよ。

ラーヴェ王国の世継ぎにおいて、一刻も早くと願うのは、国王陛下ではなく、臣下のほうだ。居なきゃ困るし、何よりも跡継ぎは必要だもんな。

王妃様もなかなか子ができない重責にプレッシャーがあっただろうし、あの人の性格なら、自分に子ができないのなら側妃を召し上げることはやぶさかではない。

「今はもう、陛下に対して心が躍ることはないけれど、でも、そうね……。陛下のお顔はやっぱり今でも好きなのよ」

そう言って母上は笑う。

「わたくし今まで観劇をしたら、その内容ばかり注目していて、それだけだったのだけど、一緒に観賞したお友達はお話はもちろんのこと、あの役者の表現力は素晴らしいだとか、お顔が素敵だとか、お話ししていてね。あの時はわたくし、そのお友達の気持ちがわからなかったけど、今はそのお気持ちがわかるのよ」

あ、にーてんご次元にはまる好事家な方々を彷彿《ほうふつ》とさせる……。

つまり？　根本的に、国王陛下と僕の顔は、母上の好みの顔だということか。

母上は今まで、国王陛下に対しての自分の心情をおじい様やおばあ様にも吐露していなかったらしく、母上の話を聞いたあとおばあ様が泣き出してしまった。

「リーゼにそんな想いをさせているなら、王命なんて、最初からはねつければよかったのだわ」

「ヘンリエッタ」

「だってこれではあんまりではないですか」

泣き出してしまったおばあ様を引き寄せ、おじい様が困った顔をしながら慰める。おばあ様が落ち着くまで時間がかかりそうな気がしたので、母上と一緒にマルコシアス家のタウンハウスのお庭を散策することにした。

母上と僕の後ろにくっついてくるのは、母上の護衛騎士だった再婚相手、クリーガー・レオパルト。いまは、フルフトバール軍をまとめる将軍になったそうで。

母上の隣を歩けば？って言ったら、今日は母子水入らずで、と断られてしまった。水臭いなぁ、近く親子になるというのに。

いや、でも、クリーガーは将来的に僕の継父になるけど、マルコシアス家に入るのかな？　おじい様その辺はまだ何にも言ってないしな。あとで確認するか。

「母上」

「なぁに？」

日傘を片手に、もう片方の手を僕と繋《つな》ぎながら、母上は楽しげに返事をする。

「王妃殿下の話、しても大丈夫ですか？」

さっき話してた時、そんなに忌避した様子はなかったから大丈夫かな？って思ったので、王妃様のことを告げた。

「手紙を預かってきました」

「てがみ？」

「受け取りたくないと仰るなら、その手紙は王妃殿下へお戻しします。王妃殿下にはあらかじめそのようにお約束していますので、受け取るも受け取らないも、母上のお心のままにしていただいて大丈夫です」

僕の話に耳を傾けながら、母上は遠くを見つめている。

今まで直接のやり取りってなかったからなぁ、何を言われるかわからないから身構えはするか。

「一度はちゃんと向き合わなくてはと思っていたのよ」

接触することで神経すり減らすなら、フェードアウトでもいいと思うけどな。

「王妃殿下への蟠《わだかま》りが、全くないというわけではないから、お返事には時間をいただくことになるわ」

「伝えておきます」

「ありがとう」

遠くを見つめていた母上が、僕へと視線を移す。

「アルベルトは王妃殿下とよく会うの？」

気になるかな？　気になるよなぁ。でも、あのお茶会は親睦会っていうよりも、情報収集会っていうのが実情だからなぁ。

「僕一人というわけではないですけど」

僕の返事に母上は穏やかな表情を見せる。

「そう、王宮内での後ろ盾は必要よ」

「母上？」

「お父様が貴方の後見人であることは、誰もが知るところだけれど、でも毎日顔を出しているわけではないでしょう？　ビリヒカイト侯が気にかけてくださっていても、その隙をついてくる者は必ずいるの。アルベルト、利用できるものは何でも利用しなさい。王妃殿下が貴方を庇護してくださるなら、遠慮なくお受けなさい。アッテンティータが傍にいるから、よほどのことは起こらないだろうけれど、油断は駄目よ？」

「はい」

まるで花が綺麗《きれい》だとでも言うかのような、そんな優しい口調であるのに、だからこそなのか……、恋愛脳ではない母上は、まぎれもなくおじい様の娘、マルコシアス家の姫君だと、実感させられる。

「必ず、生きてフルフトバールに戻ってきて頂戴ね」

ふわりとした口調なのに、言ってる内容が重い。

誰だ、ふわふわ儚《はかな》げな姫君って言ったのは。僕だよ。反省反省。

「それと、あともう一つ」

なんぞ？　まだ何かやべー話があるのか？

「一度、陛下とお話ししてね？」

「なにを？」

僕の素早いレスポンスに、母上はわかっているのに困った子ねと言いたげに笑う。

「好きの反対は、無関心、とは聞いたけれど」

「国王陛下も、僕や母上にはそうでしたよ？」

「今は、違うでしょう？」

たまーに、うぜー感じで、チラッチラッはしてきてるけど、あれって、僕が国王陛下に不利になるようなことをするんじゃないかっていう警戒なんじゃないか？

もともとあの人のこと興味ないんだ。だってずっと関《かか》わりがなかったんだもん。

最初は上から目線で偉そうなこと言ってくる人だって認識だったし、父親だって知っても、親だとは思えなかったわ。というより、父親じゃなくって国王という存在でしょう？

男親に対する憧《あこが》れとか、構ってもらいたいとか遊んでほしいだとか、そういうのは、国王陛下に向けてではなく、肩車して散歩してくれたクリーガーのほうにあった。

四年前のアレは、父親に対しての反抗とか、そんなもんじゃない。

あれは単純に、回線が繋がった僕が、国王というものに価値を見出せなかったからだ。あいつらの思い通りのバカ王子にはならないけど、でも僕が何もせずに動かずにいたら、どのみち、ざまぁされる王子様にされそうだったじゃない？　それこそ何か変な冤罪ぶち上げて、王位継承権を取り上げる！とか、どや顔で言われるような、可能性があったんだよ。

だから、そうなる未来をぶっ潰《つぶ》しただけ。

それは全部僕のためで、国王陛下が嫌いだとか憎いだとか、そういう感情があってのことじゃない。だってそんな感情持つ以前の話なんだもん。

肉親として薄情だと言うなら、それは今まで僕らをそういう扱いしてた国王陛下も同じじゃないかな？　同じだよね？

国王陛下と話すことなんて、ほんと何もないんだよ。

母上はきっと僕がそう思っていることを知っている。それでいて、国王陛下と話せと言うのだ。

「話をしなければ何も始まらないわ」

始まらなくてもいいんですが？　むしろ始まらないほうが良いのでは？　と、思ったけど、もしかしたらこれは。

「彼を知り己《おのれ》を知れば百戦殆《あやう》からず」

と、いうことか。敵に勝つためという意味ではなく、問題解決するためという意味だろうけれど。

「なぁに、それ？」

母上が知らないのも当然だ。これは異世界の兵法書に書かれた一文だから。

「むかーしむかしの軍事思想家のお言葉ですよ」

似たような兵法書、この世界にあるのかね？

未来の家臣をゲットする

母上の再婚を周知するお茶会は翌日だというので、僕はそのままマルコシアス家のタウンハウスに泊まったのだけど、これ大丈夫だったのかなぁ？と。ほら、遠征とか遠方視察だとかならまだしも、王族の外泊って基本的に許可されんから。

きっとおじい様が今までのこと持ち出して、無理を通して外泊許可を取ったんだろう。

今回のマルコシアス家のお茶会。メインは母上だ。

表向き、母上の再婚は功績を上げた武人への褒賞としての下賜《かし》。

国王陛下はもとから王妃様以外の妃は欲しくなかったのだから、この下賜は側妃と離縁するいい口実だと、そう思っている貴族がいる半面、とうとうマルコシアス家が動いたと戦々恐々としている貴族もいる。

そしてこのお茶会は、マルコシアス家と懇意にしている貴族だけが呼ばれて、母上が領地に戻ったら、程よくこの再婚話に母上も乗り気で喜んでいると広めることになっている。

貴族はめんどくせーなー。

離れた席で、たくさんの人に囲まれている母上とクリーガーを見ながら、意外に母上は同世代の貴婦人たちと、仲が良かったのだなぁと、思う。

その中でも、前国王陛下の姉君を母に持つ元公女、今は北の辺境伯夫人。

この人、母上と同じく、国王陛下が王子殿下だった時、婚約者候補に名前があがったんだけどすぐに候補から外されたんだよね。理由は血が近すぎるっていうことで。

二世紀ぐらい前だったら婚約者になってたんだけど、おじい様の世代からはもうすでに、血が近すぎる結婚はよくないと、魔術塔のほうで検証結果が出ていたらしく、国王陛下の婚約者は母上に決まってしまった。

なんかあともう一人、侯爵家で釣り合いの取れる令嬢がいたんだけど、これがまた病弱な方だったので、世継ぎが産めないかもしれないのは……って理由で候補にもあがらなかった。

でもその方、結婚して子供産んでるんだわ。わ～、逃げられたね。

「先に、お言葉を発するご無礼をお許しくださいい、リューゲン第一王子殿下。お初にお目にかかります。わたくし、ブリュンヒルト・グラーニエ・ヴュルテンベルクと申します。ご挨拶《あいさつ》に参りました」

僕がいるテーブルの傍で、僕と同年代だろう紅茶色の髪に金眼の少女が、カーテシーをしながら口上を述べ、その隣ではこれまた同じ年頃の黒髪に緑眼の少年が、驚いた表情で、少女と僕を見比べていた。

双方ともに美少女美少年。う～ん、顔がいいということは、高位貴族の子供である可能性が高いな。

「え？　第一王子？　マジかよ」

「ネーベル！」

お嬢さんが持っていた扇子で坊ちゃんの頭を叩《たた》く。

パシーンと、ものすごくいい音がした。

「いっ！　何すんだよ！」

「黙れ、この戯《たわ》け者。殿下の御前であるぞ。お前は殿下にご挨拶もできないのか」

坊ちゃんはお嬢ちゃんを睨《にら》みつけた後、僕へと向き直り、胸に手を当てて礼の形をとった。

「大変ご無礼をつかまつりました。リューゲン第一王子殿下。ネーベル・ベルクと申します。以後お見知りおきを……」

「しなくてもかまいません」

わぁ〜、めちゃくちゃ素直。いや、素直というか屈折してるな、これは。

「いくら親に僕と仲良くすることを強要されてるからってね、君がそれをしたくないなら、こういう場所に来ちゃだめだよ。君、そこまで頭悪くないでしょ？　理由をつけて逃げなよ。君がバカやったら、始末されるのは、連れてきた君のご両親も一緒なんだからさ。それともそれが狙《ねら》いだったのかな？」

僕の返答に、ネーベルくんは目を見開いて固まった。

無礼だとか不敬だとか言われるとでも思った？　確かにまだ僕は王族だし、ネーベルくんの態度は問題ありありだ。でも、たぶんネーベルくんは、家族にも処分の余波が行くことを覚悟で、あの態度をしていたと思う。

案の定、今度は深く頭を下げながら、ネーベルくんは謝罪の言葉を僕に差し出した。

「……申し訳ありません。殿下に嫌われるためにやりました」

「わかってるよ。そんな感じだったもんね。とりあえず、ネーベルでいいのかな？」

「はい」

「僕のことはリューゲンではなくアルベルトと呼んでほしいな。ヴュルテンベルク嬢もね」

「かしこまりました。どうぞわたくしのことも、ブリュンヒルト、もしくはヒルトとお呼びください」

「うん。わかったよ。僕、滑舌悪いから、ヒルト嬢と呼ばせてもらうね？」

「寛容なお言葉、ありがたく思います」

「シルト、ランツェ。お茶を二つ」

全く気配がないけど、おそらく傍にいるだろう双子に、お茶を持ってきてもらうように指示を出し、二人には僕のいるテーブルの席についてもらうことにした。

「アルベルト殿下、本当に申し訳ございませんでした」

再度頭を下げてくるネーベルくんは、さっきのふてぶてしさはどこへやら、まるで借りてきた猫のようになってしまった。つまらん。さっきの感じでよかったのに。

「謝罪は受け取ったから、もういいよ。もっと楽に話してほしいな。誰《だれ》も近づかないしね」

僕の言葉に、ヒルト嬢とネーベルくんは互いに顔を見合わせる。

「……楽に」

「そうそう、君たちが普段会話してる感じで」

ヒルト嬢は何とも言い難《がた》い表情をし、ネーベルくんは腕を組んでぎゅっと目を瞑《つむ》り、それからぱちりと瞼《まぶた》を開いて僕を見た。

「遠慮なくそうさせてもらう」

そう来なくては。

「ロイヤルファミリーもたいがいだけど、ネーベルくんのところも酷い感じ？」

「敬称は要らねーよ。貴族なんて長子とそれ以外の差別なんてザラにあるだろ。特に俺《おれ》は庶子だから余計にな」

ネーベル曰く、彼はベルク家のご当主が外でつくった子供なのだが、彼の上には二人の兄がいるらしい。一人はうちの双子と同世代、もう一人は僕らの二つほど上なのだとか。

「俺は生まれてすぐに引き取られた口なんだけど、理由は殿下らと同じ歳だったからだと思う。五年ぐらい前に、第二王子殿下の側近選びのお茶会に出席させられたからな。二番目の兄と一緒に」

ご両親の目的は側近の席狙いで、子供二人連れて行ったのは、どちらか一人でも選ばれれば儲けものだったからだろう。

今回、ネーベルだけの出席ということは、イグナーツくんの側近候補に選ばれたのは兄君のほうだったのかな？

そしてネーベルは、派閥の力関係がどっちに転んでもいいように、出来損ないの第一王子と仲良くなるように送り込まれたと。

何ともまぁ、貴族らしいご両親だねぇ。

ネーベルは庶子だってことだし、本人も言ってたから、家での扱いがかなり悪いんだろう。

そうじゃなかったら、王族である僕にあんなこと言わんだろう？　もう死なば諸共って、そこまで思わせるんだから相当だ。

だけど、逆に見ればネーベルはそこまでの覚悟が決まってるってことだね。

目的があって引き取ったなら、自分のところに利が入ってくるように扱えばいいのに、常日頃から粗雑に扱っているタイプは、上からの覚えがめでたくなれば、さらに図々しくなって高圧的に命令してくるんだよなぁ。自立の手段が手に入れば、そんな命令聞くかっつーの。

もったいないね。うん、実にもったいないよ。

「ネーベル、今の家から離れる心構えはある？」

「え？」

話についていけないのか、ネーベルは聞き返すような声を出す。

「今日、僕に気に入られなかったってことになったら、君の扱いってもっと悪くなるよね？」

「まぁな」

ふむ、そこはちゃんとわかってるんだ。

「今の家族に何か思い入れは？」

「ねぇな」

「家名を変える気は?」

「……ある」

ネーベルの返事に僕は楽しくなってにんまりと笑う。

「即決、良いね。今日、家に帰って僕のこと聞かれたら、相手にされなかったたって言ってくれる?」

「わかった」

「明日、マルコシアス家の家門から、君を養子にしたいって申し込みがあるから、それまでうまくやれるかな?」

「やる」

「うん、次に会えるのが楽しみだ」

側近候補ゲットだぜ! よろしくは、次に会った時だね。

あっさりと決まってしまった側近候補。あー、でもあともう数人、見繕わなきゃいけないのか?

でもこればっかりは、僕の直感がモノを言うからな。

僕とネーベルの会話をひたすら黙って聞いていたヒルト嬢が、意を決したように声を出す。

「アルベルト殿下、本日は図々しくもお願いがございましてお声掛けいたしました」

「口調、崩して?」

「え、あ、いえ、そう簡単にはできません。私たちヴュルテンベルクは、アルベルト殿下の恩情で、今ここに存在することができているのですから」

ヒルト嬢の家門、ヴュルテンベルク家は、例の愉快なお仲間の一人、あのチャラ側近、ゼルプスト・フース卿の本家だ。

ヒルト嬢はその本家のご令嬢である。

「……決めたのは、おじい様だからね。僕じゃないよ」

それに各家門のトップが話し合っての手打ち内容なんだから、そのことで僕が何か口を出したわけではない。

僕が言ったのは、あいつら愉快なお仲間たちの処遇だ。

おじい様と宰相閣下、そして国王陛下の側近たちと、彼らの本家のご当主たちが、雁首揃《そろ》えて、どういった罰を与えようかという話し合いに、何故《なぜ》か僕まで呼ばれて、被害者である僕の意見を聞きたいと言われたのだ。

正直、そんな処分はおじい様たちで決めてくれても良かったんだけど、なかなか決めあぐねている様子だったので。

『ぬるま湯につかりきってるみたいだから、熱湯にぶち込んであげれば？』

そう言っただけ。

聞いてたあいつらは顔を真《ま》っ青《さお》にしてたけど、もともとバレたら首切りの覚悟だったんだから、地獄を見るつらい目に遭っても文句はないっしょ？

そういった理由で、僕はヴュルテンベルクの方々には恨まれてると思っていた。

族滅にはなってないけど家門の一つを潰《つぶ》したのは事実だし、しかもその家門は国王陛下の覚えもめでたいところだったわけだからね。

しかし、ヒルト嬢は恨みつらみを僕に抱いてはいなかった。

「それでも、アルベルト殿下のお心ひとつだったと思います。殿下が許せないと一言仰《おっしゃ》ったなら、フルフトバール侯爵はそのように動かれたでしょう」

どうかなぁ？　おじい様は坊主憎けりゃ袈裟まで憎いタイプじゃないから、王国滅亡させるのは本意じゃないと思うよ？　アレの首は国王じゃなくなれば、いつでも取れるから、その時を待ってるんじゃないかな？

「ヴュルテンベルクは、いえ、私は、アルベルト殿下に感謝しています」

「感謝かぁ。それをされるほど、僕は何もしてないけど」

「していただけました」

ん？　う～ん、もしかして、もしかすると……。

「ゼルプスト・フース卿に恨みがあったのかな？　ヴュルテンベルク家が？　それともヒルト嬢個人？」

「両方です」

ファ～ッ！　なに、あいつ、当時六歳の、しかも本家筋のお嬢様にまで恨み買ってたの？　え～、何やってんだよあいつ～。知りたくなっちゃうじゃない。

「好奇心に負けそう」

「え？」

「いやいや、こっちの話」

「そうですか。あのそれで……」

「あ、頼みたいこと、あるんだっけ？　聞き入れられるかどうかは、話を聞かなきゃ何とも言えないけど」

言うだけはただだから言ってみ？　この場にいるのは僕とヒルト嬢とネーベルだけだしね。他のお子様たちは気にはしてるけど近づいてこないし。

「アルベルト殿下は、将来的にマルコシアス家の当主になり、フルフトバール侯爵を継がれることでしょう。ですので、私をアルベルト殿下の奥方になられる方の護衛騎士にしていただきたいのです」

そっち⁉　てっきりヒルト嬢が嫁候補として売り込みに来たのかと思ったんだけど？

「お前が奥方になるんじゃないのかよ」

ネーベル、ナイス突っ込み。

「はぁ⁉　バカかお前は。アルベルト殿下の奥方だぞ？　剣を振り回すことしかできない私如《ごと》きが、務まるとでも思っているのか？」

あー、そうだった。ヴュルテンベルクは王家の軍閥系の一門だったわ。

ラーヴェ王国には女性騎士がいないこともないけど、数は少ないほうだ。なり手が少ないのは、まだまだ受け入れ口が狭いというのもあるし、女性が騎士なんてと保守的な考えも強いからだ。

「そこまで言うことねーだろ。剣の才があるんだから、そこは誇れよ」

おやまぁ、ネーベルはヒルト嬢のことをそのまま受け入れてるんだね。

そうだなぁ……。

「ヒルト嬢」

「はい」

「騎士というのにこだわりがあるの？」

「え……」

「マルコシアス家は、護衛騎士を必要としてないんだよね。これの意味はわかる？」

「そ、それは、はい」

マルコシアス家は建国からずっと、フルフトバール領に隣接している、不帰の樹海の管理者だ。あそこから湧《わ》き出《で》てくる魔獣の討伐が一番の役目になってるけど、実際は少し違う。

護衛騎士という存在は、あるだけで抑止にもなるから、それを否定することはないけど、マルコシアス家にそれは必要ない。

ラーヴェ王国の暗部を統括してるのが、マルコシアス家のもう一つの役目だからだ。

「うちの訓練を受ける気は？」

「あります!!」

ネーベルといいヒルト嬢といい、即決しすぎじゃない？　もう少し考えよ？　未来はまだまだ未定だよ？

誘った僕が言うことでもないか。

やらかしの気配は落ち着いた頃にやってくる

母上の再婚周知のお茶会からしばらくしてから、急遽王妃様からお茶会という名の情報共有会のお知らせが届いた。

前回からそんなに経《た》ってないよ？　ちょっと早すぎない？って思ったけれど、何事もなければこんなに早くお誘いは来ない。

と、いうことは、なにかあったのだろうと思って、出席したら。


「陛下のご様子がおかしいのです」


会が始まって、開口一番に王妃様が真剣な表情でそう言ってきた。

「……いつもおかしいのでは？」

母上の話を聞いた今、あの人がまともだったのって、隣国に留学する前までだったんじゃないかって思うんだよね。

まぁ国王としての仕事は申し分なくやれてるから、何とも言えないけど。

ダメダメなのは、母上と僕の対応だけだったからなぁ。

「アルベルト殿下、お気持ちはわかりますが、おやめください」

宰相閣下は立場上そう言うしかないけど、「気持ちがわかる」は、言っちゃっていいの？　そこ
こそ隠さなきゃいけない所では？

「ごめんなさい、そういう意味ではないの。やらかしそうな気配、と言えばいいかしら？」

あ、察し、という表情をするのは宰相閣下。

「聞いても何でもないとしかお答えくださらないの。だけど、どうも何かを考え、いいえ、企《たくら》んでい
そうな気配なのよ」

言い直しちゃった。企んでるって言っちゃったよ。

「ビリヒカイト侯爵、何かお聞きしては……。その様子ではないようですね？」

「ないですね。陛下の秘書官にも通達しておきます」

手足もがれちゃったからねぇ～、側近じゃなくって秘書官なんだよね、国王陛下の傍にいるのっ
て。

「第二王子殿下の王太子教育の件とかは？」

僕の件がきちんと王妃様へ伝わってから、王妃様は後ろ髪を引かれる様子でありながらも、僕の
絶対に王位に就かないという意思と、神殿誓約込みの誓約書を交わしていることを理解したので、
イグナーツくんにきちんと事の経緯を説明し、王太子教育を受けさせている。

「イグナーツの王太子教育の件は、わたくしが監督しているからそれはないと思うわ」

首を横に振って否定する王妃様と、難しい表情をしている宰相閣下の視線が僕に注《そそ》がれている。

「え～……、目当て、僕だと思いますか？」

二人同時に頷《うなず》かれてしまった。

「どうして僕だと？」

「アルベルト殿下がリーゼロッテ様に会われた後から、なのよ。国王陛下のご様子がおかしいのは」

「母上、ですか？　でも、もう母上はフルフトバール領に戻られましたし、再婚の手続きは国王陛下との離縁の手続き後に、すぐにしてますよ？」

式はまだ未定らしいけど、するにしてもフルフトバール領でやる。母上はもう王都には出てこないぞ？

「これはわたくしの推測だから、可能性の一つとして、頭の片隅に置いておいてほしいの」

王妃様はなにか思い当たることがあるようだ。ゆっくりと話し出した。

「アルベルト殿下はリーゼロッテ様の再婚の周知のお茶会で、同年代の貴族の子供と初めて顔合わせをされたでしょう？　そのお茶会にはギュヴィッヒ侯爵のご令嬢もいらしたわね？　リーゼロッテ様のお茶会以降、最近マルコシアス家の家門の子供と一緒に、アルベルト殿下の宮を訪問していると聞いています」

「学友、必要ですからね」

まだ側近とか、その候補とか、それは明示していない。

「ギュヴィッヒ侯爵のご令嬢というと……」

王妃様の話を聞いて宰相閣下も、何かに思い至ったようだ。

「ええ、かつて陛下の側近であった、フース卿の本家筋の家門です」

「アルベルト殿下」

やめて、そんな責めるような視線を向けないで。そういうんじゃないから。

「彼女、将来は我がフルフトバールの騎士になりたいそうです。僕の妻となる人物の護衛騎士になりたいと直談判されました」

ヒルト嬢が結婚するとしたら、僕ではなくネーベルと、だ。ヒルト嬢は臣下としての目しかしてなかったもん。母上のような恋をしてる少女の目じゃなかったね。

「ギュヴィッヒ侯爵令嬢とアルベルト殿下との交流に、警戒してるわけではないはずよ。もとはご自分の側近だった人物の本家筋のご令嬢ですものね。実はね、アルベルト殿下の件が起きる前に、あのご令嬢をイグナーツの婚約者として、どうかという話があったのよ。ギュヴィッヒ侯爵から辞退を申しだされたから立ち消えたけど」

ん？　その頃に断ってるのか？　まだうちとはトラブってなかったのに辞退ってことは、母上の扱いを見てるから、ヒルト嬢の扱いを危惧したんじゃないだろうか？

「ヒルト嬢と僕を婚約させようとしてるのでしょうか？」

「いいえ、それもないはず。というか、アルベルト殿下のお話し通りなら、ギュヴィッヒ侯がはねつけるでしょう」

う〜ん、ヴュルテンベルクのご当主の性格というか為人《ひととなり》は、まだよくわからないからなぁ。でもうちに借りがあるヴュルテンベルク家が、国王陛下からその話を出されたとしてもすぐには頷かんだろう。安易に受けてうちと事を荒立てる気はないと思うから、保留にしておじい様に話を持ってくるはず。

「おそらく……、ギュヴィッヒ侯爵令嬢の話を聞いて、アルベルト殿下に婚約者をあてがおうとしてるんじゃないかしら？」

王妃様が気まずそうに目をそらしながら告げると、宰相閣下は片手で目を覆《おお》って天を仰《あお》ぐ。

二人とも、国王陛下のやらかし気配を確信しているようだ。

もし、王妃様の懸念が当たりだったら、母上の言ったことが身に染みてくる。これは確かに没交渉のままではいられれんわなぁ。

だけどな〜。

「どうしてそんな思考になるんですか」

何を考えてるのかさっぱりわからん。そして何をしたいのかもわからん。

「あくまでも、わたくしの推測よ。陛下がアルベルト殿下に干渉したがることはとりあえず置いておくとして、ここにきて婚約のことを考え出したのは、貴族のご令嬢がアルベルト殿下の傍に近づいてきたのが発端だと思うの。たぶん、ギュヴィッヒ侯爵令嬢でなく、他のご令嬢であったとしても、同じようなことになると思うわ」

「今頃《いまごろ》になって、アルベルト殿下の御婚約を考慮しだしたと、そういうことですか？　その権利はもう陛下にはないというのに」

深いため息とともに吐き出される宰相閣下の言葉に、王妃様も頭が痛いというように深く息をついた。

事案発生しました

カチコチカチコチと、年季の入った柱時計が振り子を揺らして時を刻む。

現在、僕は国王陛下の執務室にいるのだが、執務室にいるゲストは僕だけではない。

まず僕の後見人であるおじい様。それから王妃様。最後に、国王陛下と同じ年頃だろう男性。

そこに部屋の住人である国王陛下と、秘書官二名、それから宰相閣下。

事案発生しました。

部屋の中にいる人間は、国王陛下を抜かし、全員厳しい表情で黙りこくっている。

誰《だれ》一人言葉を発せないでいるのは、国王陛下を気にしてのことではなく、誰もがひとたび口を開けば、暴言が飛び出ることを自覚しているからだろう。

冷静になれない。しかし冷静にならなければいけない。そのジレンマに陥《おちい》っている状態なのだ。

ここにいるみんなが、そう思ってしまうことを、やらかしちまったんだよなぁ〜、国王陛下が。


もう一度言う。事案、発生しました。

事の起こりは、王妃様から国王陛下がなにかやらかしそうという、情報共有会から一月ほど経《た》った頃、とある公爵のもとに、国王陛下から登城の呼び出しがあった。

とある公爵……、先代国王陛下の姉君が降嫁したアインホルン公爵家の、現当主であるジークフリート・カイル・アインホルン公爵だ。

王族の血が強いのか、銀髪に紫の瞳《ひとみ》と国王陛下と同じ色を持つアインホルン公爵は、陛下よりも三つ年上なのだという。血統的には国王陛下の従兄《いとこ》にあたる方で、王位継承権もお持ちだったが、彼は公爵を継ぐと同時に継承権を手放している。

そのアインホルン公爵の元へ、国王陛下は登城の呼び出しをかけ、そして一つの話を持ち掛けた。

アインホルン公爵の長女と王家の婚約話である。

現実に可能かどうかは置いておくとして、現在、王家にはアインホルン嬢と婚姻を結ばせることができる王子が二人いる。

一人は言わずもがな第一王子である僕こと、リューゲン・アルベルト・ア＝イゲル・ファーベルヴェーゼン・ラーヴェ。

もう一人は第一王子と同じ歳《とし》の第二王子である、イグナーツ・シュテルクスト・ツェ＝イゲル・ファーベルヴェーゼン・ラーヴェ。

アインホルン公女は、イグナーツくんが五歳のころの、社交のデビュー兼側近・婚約者選びのお茶会に出席しており、そこから交流を続けているそうなのだが、婚約とか側近などという話は出ていなかった。

そこに来て、国王陛下からの婚約の申し出。アインホルン公爵としては、娘へと持ち込まれたこの話は第二王子とのものだろうと思ったのではないだろうか？

誰だってそう思う。

が、国王陛下が令嬢の相手として提示してきたのは、イグナーツくんではなく僕だった。

アインホルン公爵は、国王陛下が王子殿下時代に隣国でやったこと、そして元婚約者であった母上と第一王子にしたこと、それがマルコシアス家の怒髪天をついていること、何よりも、僕が継承権を放棄し成人したら王籍を抜けることを知っている。

なんせアインホルン公爵も、国議に出席し国政に携わっている貴族の一人。

国議でその件の可決に賛同しているのだから、知っていなければおかしいというものだ。

アインホルン公爵がどこまで情報を得ているかはわからないが、国王陛下の元愉快なお仲間たちの情報操作によって、僕が我儘《わがまま》で癇癪《かんしゃく》持ちのおバカ王子だと、いまだそう思っている貴族だっている。

その評判は、いまだ消えていないし、評判の悪い王子だと知れ渡っている相手と娘を結婚などさせたくないのが、親心というものである。

何よりも、僕のバックはマルコシアス家当主、フルフトバール侯爵であるおじい様だ。

おじい様がその場にいての婚約話ではなく、国王陛下からの話というのに、アインホルン公爵は懐疑の念を抱いた。

そこで、宰相閣下のご登場。

事が発覚し、事案発生しました。

宰相閣下はアインホルン公爵に、相手が誰であったとしても、第一王子との婚約の話は、国王陛下の独断では決められない。この件においては『王命』を使うことはできない。と、はっきりと告げた。

「申し訳ございませんが、後日、この件で話し合いを設けます。アインホルン公爵にはお手数をおかけしますが、後日また登城いただけると幸いです。ご連絡をさせていただきます」

宰相閣下はアインホルン公爵にそう言って、本日、関係者各位がそろい踏みになったというわけだ。

このまま何時間も沈黙を続けるわけにはいかない。誰も何も言わないのであれば、ここは僕が話を切り出すべきだろう。

「前にも言ったと思うのですが」

静まり返った執務室の中、僕の声が通ると、国王陛下だけがピクリと動くが、それ以外の皆様は、視線だけを僕に向ける。

「国王陛下は将来王籍を抜ける第一王子の僕をどうしたいのでしょうか？」

前にも同じようなこと言ったな〜。四年前だよね。そんな忘れるほど昔のことじゃないよね？

僕の発言に宰相閣下とおじい様は、あの時のことを思い出したのか、どこか遠い目をする。

そんな表情しないでよ。だって四年前、似たような質問をしたとき、国王陛下ったら結局なーんにも言わなかったじゃない？

動機をゲロったのは愉快なお仲間たちだった側近だけで、結局のところ国王陛下が僕のことをどう思ってるかなんて、一言もいってねーんだよなー。

あの時、おめーは僕の父親であることを放棄しただろーよ。

僕が継承権を放棄して王籍抜けるって言った時、引き留めもしなかったじゃねーか。

もともといらねーから放置してたんだろ？　おめーの思い通りに、愛しの王妃様との間にできた可愛《かわい》い愛息が、おめーの後の国王になるんだから、もう何一つ憂うことなんかねーだろ？

なーのーにー、なんでまた、どうでもいい第一王子のことに、自分から関《かか》わろうとしてくるん？

黙ってねーでなんとか言えや。

もー、仕方がないなー。

「国王陛下は、僕を王族から排除したかったんですよね？　だから王太子降ろしの計画を決行したのではなかったのでしたっけ？　ここで僕がアインホルン公女と婚約したら、第二の王族として国内の貴族から担《かつ》がれる可能性があるのですが、そこはちゃんとお考えなんですよね？」

「そんなことは許さん！」

このおっさんはよぉ、どの口がそんなこと言うかなぁ？

「許す許さないの問題じゃないんですよ。貴方が指示を出した僕とアインホルン公女の婚約と結婚は、国を二分することを示唆しているんです。国王陛下、貴方は王族の婚約を軽く考えすぎじゃないですか？」

母上との婚約もそうだったし、側妃の受け入れもそう。

王族の婚約は政略ありきだ。

僕は確かに成人したら継承権を放棄して、王籍から抜ける。

臣籍降下をするのではなく、フルフトバールのマルコシアス家の人間に戻る。これはもう覆ることがない。国議で可決されたし神殿誓約まで交わしたのだから、破ったら僕には神罰という名の呪《のろ》いが発動される。

だから、今の僕は王族ではあるけれど、成人してもその王族であったときの恩恵が受けられないようにしておかなければいけないのだ。

つまり、婚約も、その一つになる。

「僕が王族であるうちに婚約を決めたら、それは王族との政略になるんですよ。そこのところご理解してますか？」

「……何が言いたい」

だから今、言ってるんじゃねーか！　この野郎！

何が言いたいじゃねーよ！　王籍を抜ける僕が、王族であるうちに婚約者なんか決めたら、それは王家とのお約束になっちゃうの！

王族から抜ける人間なのに、抜けた後も王族との約束が継続されていたら、神殿誓約に抵触するだろうが!!

「失礼ながら国王陛下。この程度のことがおわかりにならないなんて、脳みそがお風邪を召されていらっしゃるのでは？『何が言いたい』なんて、そのようなことを言われるとは、さすがに僕も予想が付きませんでした。それとも遠回しに、僕に死ねと仰《おっしゃ》っているのでしょうか？　これって自殺幇助《ほうじょ》になりませんか？」

「なっ！　なんでそうなるんだ！　そんなこと言ってないだろう!!」

「今の段階で僕の婚約者を国王陛下がお決めになるということは、僕が成人した後、誓約違反で神殿誓約の神罰が下ることになるからですよ」

「え……？」

呆けた顔をする国王陛下に、やっぱりかーと思う。

神殿誓約がかかっている誓約書作った意味を考えて？　誓約書に違反することを行ったら、僕が呪われるんだよ？

「あの時なんであんな大事になったのか、考えていただけなかったんですね。わかりました。国王陛下にもわかるようにご説明します」

嫌味ったらしい言い方するなって？　だって遠回しに死ねって言われてるのに、反撃もせずに従順に言うこと聞く謂《いわ》れはないんだけど？　文句の一つも言わずに、受け入れろって？

悪いけど、僕はそんないい人じゃねーから、ねちねち嫌味言わせてもらうよ。

「二人いる王子の一人が、未来永劫王家と関わらないことになったからですよ。現状王家の血を引く子供は二人しかいなくって、しかも国王陛下と王妃殿下の間に、第二子を授かる兆しがありません。明らかに、ラーヴェ王家の直系の血を引く者が、足りない状態です。本来なら、僕も第二王子も王家に残って直系の血が途絶えないようにしなければならなかったのに、国王陛下は、僕を王家に残すことを拒否されましたよね？」

そう訊《たず》ねるも、国王陛下は返事をするどころか、さっと目をそらす。

「成人したら僕は王籍から抜けて、僕の血を引く者は、王家の継承権を持てないものにしました。ラーヴェ王家の血を引き継ぐのは第二王子だけです。国王陛下のお望みどおりになりました。でも、同時に、この状況はラーヴェ王国の直系の断絶と紙一重状態です」

ここで、イグナーツくんが殺されたら、ラーヴェ王家の直系の血は途絶えるんだよ！

「宰相閣下はそれがわかっていたから、僕が王籍から出ること、そして僕の血を引く者は継承権が持てないという誓約書に物言いを付けたのですが、国王陛下も当然そのことをご理解して、それでもなお僕を王家に残したくないとお考えだから、僕の言った誓約を交わしたんですよね？」

そうだったのかって言わんばかりの顔をする。

なんでわかってねーんだよ。

「僕は成人したら王族とは関わらないという誓約書を交わしています。破ったら神殿誓約の反故になるので神罰が下ることになる。なのに国王陛下は、その誓約書を反故にするような婚約を僕にさせるんです。死ねと言ってるのと同じでしょう?」

「な、何故《なぜ》お前とオティーリエの婚約が、誓約違反になるのだ」

「アインホルン公女は王位継承権をお持ちじゃないですか」

何でアインホルン公女の存在価値を理解していないんだ。

「僕の子供は王位継承権を持てない。だけど僕の子供としてではなく、アインホルン公女の子供としてならば継承権が持てることになる。でもその場合、神殿誓約がかかった誓約書を破ったことになり、僕に神罰が発動されます。それを狙《ねら》って僕と公女の婚約を決められたんでしょう?」

この説明で、国王陛下はあの誓約書が、どれだけやべー代物であるか理解したはずだ。

それだけやべー誓約書を交わすことに、国王陛下は異議を唱えることなく、簡単にサインをしやがったのだ。

この人、本当に僕のことどうでもいいんだな。

四年前、僕の回線が繋《つな》がる前の話だけど、あの頃、ほんっとーに珍しく母上に会いに来て、顔を合わせることがあっても、僕のことはほとんど無視して、それからたまーに、上から目線で、何か言ってくることもあった。ちゃんと勉強しろ、とか、使用人に迷惑かけるな、とか。

僕が普段どんな日々を過ごしているのかとか、どんな勉強をしているのだとか、そういったことを何一つ聞くことはせず、ただただ鬱憤を晴らすかのように、まるで僕が勉強をさぼり、使用人たちに我儘を言い放ち、仕事の邪魔をして手を煩《わずら》わせていると、そう信じて疑っていない様子で決めつけていた。

あの時の国王陛下は、僕のことを何一つ知らないというのに。

実際の僕が、どうだったかなんて、国王陛下にとってはどうでもいいことなのだ。

僕の話を聞いて、国王陛下は愕然とした顔をするけれど、僕と目が合った途端《とたん》に、さっと顔をそむけて視線を外す。

視線を合わせるのも嫌なんかい。

それはどうでもいいけど僕の疑問にぐらいは答えてくれてもいいんじゃないか?

そう思うも、国王陛下は一向に口を開かない。

再び訪れる沈黙を宰相閣下が咳《せき》ばらいで払拭し、場を取り仕切る。

「アルベルト殿下の疑問と陛下の動機は、いったん置いておきましょう。先に進まなそうですし。まず、状況確認をしようと思います」

「ちょっといいかな」

そう言って手を挙げて口を挟んだのは、アインホルン公爵だ。

「なんでしょう?」

進行役の宰相閣下が、アインホルン公爵の言葉を促すと、アインホルン公爵は僕をちらりと見てから訊ねた。

「なぜここに、リューゲン殿下がいるのだろうか?」

本人がこの席に出てこないでどうするんだよ。

「僕のことだからですよ」

なに当たり前のことを聞いてくるんだと、そう含みを持たせて答える僕に、アインホルン公爵は、なんとなく国王陛下に似ている顔をこわばらせぐっと喉《のど》を鳴らす。

「そ、そうか。ならば、私の娘も同席するべきだったのかな?」

「それはアインホルン公爵がお決めになることです。僕は前もってこの話について、王妃殿下と宰相閣下からご連絡いただいてます。この話し合いの場が開かれるなら、出席したい旨伝えていました」

それに、先に国王陛下のやらかし気配を察していたからな。

「アインホルン公爵が、ご息女の同席が必要だと思っていたのなら、お連れすればよかったのでは？　それとも今お呼び出ししますか？」

そう提案してみたけど、そうすると時間がかかるぞ？

僕と同じようなことを思っていたのか、宰相閣下がやんわりと却下を出した。

「今から呼び出すとなると時間がかかるでしょうし、ならばこの話し合いもまた後日ということになります。アインホルン公爵。申し訳ございませんが、公女の同席は無しということでよろしいですか？　もしかしたら……、いえ、アインホルン公爵とこの話は、本日だけで片が付くと思います。公女のほうに直接話が行くこともございませんし、アインホルン公爵からご説明いただければよいと思われます」

それじゃぁ本題に移ろうとしたところ、アインホルン公爵は不用意な一言を漏《も》らした。

「リューゲン殿下は、お聞きしていたのとだいぶ違うご様子ですね」

それは今わざわざ言うことかいな。それともなーに？　バカ王子にこのお話し合いは難しくてわからんだろうから出て行けって言いたいんかね？

貴族の物言いは時としてわかりづらい。

しかし、今回のアインホルン公爵の一言は、おじい様には聞き捨てならないものだったようだ。

「アインホルン公爵」

腹の底にずしんと来るおじい様の声に、全員の背筋が知らずに伸びる。

「個人的な意見ですまぬが、その名で第一王子殿下をお呼びするのはやめていただきたい」

言った途端におじい様からピリピリした気配が出てきているので、アインホルン公爵だけではなく、国王陛下と王妃様の顔も青くなる。

「マルコシアス卿、抑えてください」

宰相閣下だけはおじい様の圧に耐えた。宰相閣下って、官僚系の人なのにねぇ？　おじい様の圧に耐えられるってすごいよ？

「アインホルン公爵も、何を仰いたいのかはわかりませんが、不用意な発言は控えてください。私は四年前にアルベルト殿下の周囲で何があったのか、国議に参加された皆様方にはご説明しております。同じことは何度も言いません」

ん？　それは、あれか？　国王陛下じゃなくって、国王陛下の元愉快なお仲間たちが、第二王子殿下を王太子にするために、やらかしてたことか？

「話がズレてますね。アインホルン公爵、他に何か仰いたいことはございますか？」

いつまでも進まない話に、宰相閣下は少し苛立っているようだ。

「い、いや、すまなかった。話を進めてほしい」

さすがに、ピリピリしている宰相閣下をこれ以上不機嫌にさせたくはなかったようだ。

「では、進めさせていただきます。先日、国王陛下がアインホルン公爵をお呼びして、ご息女である公女と王家の婚約の打診をされた。相手は、第一王子殿下であると、ここまでは間違いございませんね?」

宰相閣下の言葉に誰も口を挟むことなく頷《うなず》く。

「まず、先日もお伝えしましたが、国王陛下は、第一王子殿下のすべてにおいて、お決めになる権利はございません」

「ま、待て」

そこで制止の声をかけたのは国王陛下だ。

「なにか?」

眼を眇《すが》め宰相閣下は国王陛下に視線を向ける。

その、静かなプレッシャーに気圧《けお》された国王陛下は口ごもるものの、僕やおじい様それから宰相閣下にとっては、寝言のようなことを言い出した。

「お……いや、私は父親だぞ」

そうだな、第二王子の父親だな。

「それが?」

「そっ、だから、私が子供の婚約を決めて何が悪いのだ」

「何も悪くはございません」

うんうん、悪くないよ。

「だったら」

「何が、『だったら』なのでございましょうか？　貴方のお子は、第二王子殿下だけでございます。すなわち私が言った『悪くない』は、陛下が第二王子殿下の婚約を決めることにおいては、何も悪くないといった意味です」

言ってる意味わかってるよね？　四年前、おめーは誓約書にサインしただろう？　それは、あの時点で、僕は王家に籍はおいてるけれど、マルコシアス家の人間であるって、そういうことになったんだよ。

でも、国王陛下は、そこが、わかっていないようだ。

「ど、どうしてそうなるんだ。第一王子も俺《おれ》の子だ」

あぁ、言っちまったわ～。駄目だよそれはさぁ～。おめー、なんで今それ言うんだよ。

隣のおじい様はひたすら目を瞑《つむ》って沈黙を保っている。まぁここで声を発したら、ご自分の制御ができなくなるとわかってるからだろう。

ほんと、いらんことをするのだけは、神がかってるんだよなぁ。

これどうやったらまとめられるんだよ。

膠着《こうちゃく》状態に陥る前に、部屋中にぱぁんと音が響き渡る。

音の発生源は王妃様で、美しい両手で拍手を打ち、おじい様を抜かした全員の視線を集める。

「話が進みません。陛下、それは今、しなければならない必要な話ですか？」

「カティ……」

人前で愛称呼びですか、やめてください。そういうのはプライベートでお願いします。

「違いますよね？」

反論はするなと言わんばかりに、王妃様の国王陛下に向ける視線は厳しく、これが甘々恋愛結婚をした人の態度なんかい？と思ってしまう。あ、公私を分けてるからかな？

「ビリヒカイト侯、進めてください。このまま冗長になるのはよろしくありません」

暗に、おじい様のことを言ってんな、これは。

まぁ、確かに、そう。最初のアインホルン公爵のアレに、今度は国王陛下のコレだ。

いや、さすがにね、さすがに翌日国王陛下とアインホルン公爵が血まみれになって寝台の上に横たわってましたってことにはならんと思うのよ？　まだ、そこまでしないと思う。

ただし、国王陛下の場合、イグナーツくんが即位した後は、どうなるか知らんけど。

「アインホルン公爵、今、お話しした通りです。この婚約はもとより成立しません。なにかご不明なところはございますか？　国王陛下が第一王子の件に手出しできないというところを抜きにしてです」

もうこれ以上その話はしたくないと、宰相閣下も思っているのだろう。

「そこが一番聞きたいところだと思うのだが。まぁいい。一つ、聞きたいことがある。この話、なぜイグナーツ殿下と、という話にならなかったのだろう？」

これは僕とおじい様にではなく、国王陛下と王妃様に、だな。

だが、王妃様はその話を聞いて、なぜそこでイグナーツくんのことが出てくるのだと言わんばかりだ。

「どういうことかしら？」

「私の娘はイグナーツ殿下と親交を深めている」

一拍の潜考《せんこう》の後、王妃様はアインホルン公爵に訊ねる。

「……どのような？」

「え？」

アインホルン公爵は、同意が返ってくるものだと思っていたところ、全く違う返しが来て、吃驚《きっきょう》の声を漏らした。

しかしそんなアインホルン公爵を置いてきぼりにして、王妃様は続ける。

「どのような親交を？　わたくしのもとには、アインホルン公女が騎士団の訓練場にたびたび訪れるという話は届いておりますが、そこでイグナーツと親睦を深めているという話は聞いておりません。イグナーツからもそのような話は出ていませんし」

ちょ、どういうこと？　だって……。

「王妃殿下、アインホルン公女は、第二王子殿下の最初の社交のお茶会で交流しているのですよね？」

思わず訊いてしまうと、そこは事実なのか、王妃様は頷いた。

「ええ、そうです。ですが、それ以降、イグナーツとアインホルン公女が親しくしているということは聞いておりません」

話が王妃様のもとに通ってない、とは思えない。

だってねぇ？　四年前、あれだけの使用人の不祥事があって、王妃様だって自分の身の回りのテコ入れを行っている。

ここで、そういった情報が王妃様のもとに入ってないということは、ないのでは？

王妃様の言葉に、思わずアインホルン公爵を見ると、彼のほうもどうなっているのかわからないといった表情だ。

「すまない、私は娘からイグナーツ殿下の話をよく聞かされていたのだが……」

んん？　んん？　なんかそれはおかしくないか？　話を聞かされていたからといって、それで仲が良いということにはならんのでは？

「ちなみにどういった話を？」

「訓練場で……」

僕の質問に答えようとしたアインホルン公爵は、途中で口を閉ざしてしまう。

「訓練場で？」

「え、あ、いや、その……イグナーツ殿下にお会いしたと」

それは、どうとでも取れる発言ではないだろうか？

「他には？」

さらに問いかけると、顔をしかめて、またぽつりとこぼす。

「……王城の図書館で」

「図書館で？」

「お会いしてると……」

一緒に勉強、ではなく、お会いしてる、か。図書館ってさ、基本私語厳禁で、そこでお喋《しゃべ》りするもんではない。

室内には再び静寂が訪れる。

いや、まてまてまてまて、まだ結論を出すのには早すぎる。情報不足だ。

え～、アインホルン公女が、イグナーツくんと仲良く……。

ごめん！　誰かと仲良くお喋りしているイグナーツくんというのが、全く想像できない！

だってあの子、僕が知る限りの話だけど、ほんとーに寡黙なんだよ。自分から進んで話さないの！　そのくせ頻繁に僕に会いに来るけど、お友達とか側近とか、そういうのくっつけてきたことは、今まで一度もなかったわ。

そもそもあの子、ちゃんとお友達、いるの？　いや側近はいるよね？　ネーベルの元二番目のお兄さんが側近？　候補？　とにかくそんな感じだったはずだ。

だめだ！　自分で言うのもなんだけど、これは全部、僕の希望が混じってる気がする。

なんかもう、イグナーツくんとアインホルン公女の仲が良いっていうのは、言葉マジックで、言ってる側と聞いた側の受け取り方の齟齬《そご》とか、あとは考えたくないけど、アインホルン公女の思い込みで変換してるとか、どうしてもそんな考えにいってしまう。

ちらりとアインホルン公爵を見ると、ご息女との会話を振り返って思い出しているのか、顔色が悪い。

そっかー、アインホルン公爵も同じように、齟齬が生じてることに気が付いたかー。

「アインホルン公爵」

「な、なんだろうか？」

「一度、ご息女とちゃんと話し合いをされたほうが、よろしいかと思いますよ？」

人のこと言えんけどな？

僕が王妃様のほうを見ると、王妃様は顔こそ青くはさせてないが、申し訳なさそうな表情で僕を見ている。

「アルベルト殿下、わたくしのほうでも聞いてみますが、イグナーツがアルベルト殿下のもとに訪れた際は、ご協力していただけませんか？」

ハイハイ、聞き取り調査ですね？　イグナーツくん無口だけど、こっちの問いかけにはちゃんと答えるから、そこは大丈夫でしょ？

王妃様のご依頼に、僕は頷いて了承の意を伝えた。

「その、あともう一つ、大変言いにくいことなんだが……」

アインホルン公爵の発言に、戦々恐々としてしまうのは仕方がないよね？　気持ち的にはまだなにかあんのか⁉ってなっちゃうもの。

「その……だね、先ほどビリヒカイト侯爵が、娘に直接この話、つまり第一王子殿下との婚約の件だが、それが伝わることはないと言っていただろう？」

「ええ、もしやあのあと公女にお話しされたのですか？」

「いや、そうじゃないんだ」

いったん、言葉を切ったアインホルン公爵は、ちらりとおじい様に視線を向け、深呼吸を何度か繰り返してから、続けた。

「実は私が陛下から婚約の話を打診される前に、陛下のほうから娘に話を持ち掛けられていることを、娘から聞かされている」

ばきん！と硬いガラスとか瀬戸物が割れるような音がすると思ったら、隣に座っているおじい様が、持っていたティーカップを握りつぶしていた。

やべぇ……。

「おじい様、手をお放し下さい」

おじい様の手からソーサーとティーカップだったものを取り上げて、テーブルの上に置くと、うちの双子がテキパキと動き、後片づけと、おじい様の手の治療を施し、ついでに新しいお茶も用意して、ささっと下がっていく。

国王陛下は、ことごとくおじい様の地雷を踏み抜くのがお上手なようだ。

いや、それでも、明日、血まみれの国王陛下が寝所で発見ってことにはならない、はず。代わりに、物言わぬ処刑間近の罪人が、陛下の寝所で見つかるだろうけど。

おじい様、そういう嫌がらせは普通にするからね？

四年前だって同じことやったからね？　なんで忘れちゃうかなぁ？

あのとき宰相閣下が涙目でやめてくださいって、秘密裏に頭下げに来たんだけど、おじい様は、何のことだかわからんことに謝罪されても困るって、言い切っちゃってるんだよ。確かに、うちがやったという証拠は一つもないわけだから、誰の仕業か不明のままだ。

え？　王家の暗部がいるだろう？　そいつらは何やってるんだって？

あのね、その王家の暗部っていう組織の大元は、マルコシアス家が発端なの。組織として、今は完全に離れてるけど、でもノウハウとかそういうのは、もともとマルコシアス家からのものなんだよ。

それから、王家の暗部になる最終試験は、マルコシアス家での研修に最後までついていけるかどうかなんだよね。そこで合格ラインに届かなければ、暗部にはなれないとか。そういう感じだから、実力はうちのほうが高いんだよなぁ〜。たまにボランティアで抜き打ち試験してあげてるらしいから。

これさぁ、国王陛下だって、知ってるはずの情報なんだよ。

なのにどうして、そういうこと、やっちゃうの？

ほら、宰相閣下があまりのことに、両手で顔覆《おお》ってるじゃないの。

もうこれは明朝の出来事を予想して、嘆いてるんじゃないか？　宰相閣下の仕事増やさないでよ。

「アインホルン公爵」

言葉を失ってしまっている宰相閣下の代わりに、王妃様がアインホルン公爵へ訊ねる。

「具体的にどのような話をしたかというのは、公女から聞いていますか？」

「いや、娘も動揺していて詳しくは……。ただ、陛下からのお話だったためか、婚約が成立してしまうことをしきりに気にしていてね」

そう言って僕を見る。うん、なんか、なんとなく、になるけど、アインホルン公爵のご息女は、僕に関して何らかのことを父親である公爵に告げてるんじゃないかね？

「そうですか。アインホルン公爵、お手数をおかけしますが、公女により詳しい話を聞いていただくことは可能ですか？　それからアルベルト殿下と公女の婚約はない、と。そこもはっきりと伝えてください」

アインホルン公爵のご息女が何を考えてるかはまだわからないけど、僕との婚約話に動揺してるってことはさ、どーもキナ臭いよね。

いや、まだ会ってもいない相手に、マイナスの先入観を持つのはよくない。

これはアインホルン公女に会ってから、判断すればいいことだし、場合によっては会うこともないだろうしね。その場合は会う必要がなかったってことだから、僕が今考えていることの懸念はなかったってことだ。

何事もないことを祈っておこう。

王妃様は国王陛下の秘書官の二人に、アインホルン公爵をお見送りするようにと頼み、三名を部屋から下がらせると、座っていたソファーから立ち上がる。

「わたくしも、イグナーツとアレの傍にいる従僕《じゅうぼく》たちに確認を取ります」

「カティ！」

国王陛下が、出ていこうとする王妃様を引き留めようと近づく。

「待ってくれ。何を怒ってるんだ?」

え? 王妃様が憤怒している理由をおわかりでない? え? 今まで一体何を聞いていたのかな?

引き留められた王妃様は、落ち着くためなのか、何度か深呼吸を繰り返すと、国王陛下の横っ面を思いっきりひっぱたいた。


「貴方のご理解のなさに、情けなく思っているのですよ!」


我慢できないと言わんばかりに、王妃様は声を張り上げた。

「四年前も今も、何をなさったのか、何故おわかりになっていないのです! 貴方はフルフトバール侯の寛容に胡坐《あぐら》をかき続けて、このまま安寧でいられるとお思いですか!? アルベルト殿下のことにおいては、一切《いっさい》の手出しをしないようにと、ビリヒカイト侯からも再三言われているにもかかわらず、何故その言葉を守れないのです! 貴方はいったい何をなさりたいのですか!」

王妃様の怒声に、国王陛下は固まる。これは言われた内容に驚いたというよりも、王妃様に怒鳴られたということに驚いてるんじゃないか?

「な、なにをって、俺はリューゲンの父親だぞ。父親ならば……」

途中で尻《しり》すぼみになったのは、王妃様の視線の鋭さに、その先の言葉を放つなという圧を感じ取ったからだと思いたい。

国王陛下は王妃様、それから僕とおじい様、宰相閣下と、かわるがわる視線をさまよわせ、結局、最後までその言葉を発することができなかった。

「王妃殿下、落ち着いてください。イグナーツ殿下へのご確認は、今すぐでなくても大丈夫です」

ようやく立ち直った宰相閣下が仲裁に入る。

「我々の話し合いはまだ終わっておりません。今回は王妃殿下もご一緒に、今後のことを決めていきましょう」

そう告げた宰相閣下の声は、とても疲れ果てているように聞こえ、きっと本心では宰相閣下こそがこの件を放り投げてしまいたいんだろうなと思った。

責任感の強い人だから、そんなことできないんだろうな。

おじい様の鉄槌と王妃様の追撃

「国王陛下」

今までアインホルン公爵に、僕の呼び方の訂正を求めて以来、ずっと沈黙を守っていたおじい様が、低い声で国王陛下に語り掛ける。

「四年前、貴方はアルベルト殿下が話した内容の誓約書にサインをされたことを覚えておいでか?」

もうなにもかもすっ飛ばして、国王陛下がやってしまったことの意味を叩《たた》きつける気でいるな、これは。

王妃様はもう自分の腹をくくったのか、背筋を伸ばし、瞼《まぶた》を閉じて、おじい様の言葉を聞く態勢に入り、宰相閣下は深く息を吐いてから、顔をしかめたまま口を閉ざすことを選んだ。

誰《だれ》も国王陛下に援護の手を差し伸べることはしない。

「お答え下さい」

おじい様の促しに、気圧《けお》されながらも、国王陛下は答えた。

「も、もちろんだ」

「さようですか。では、そのサインが、どんな意味を持つものか、ご理解なさっていますか?」

国王陛下はおじい様の言葉に、何を言ってるんだとそんな表情になる。あ、これはもっとひどいことを言われると思ったのに、肩透かしを食らった感じになったな？

でも、おめー、本当の意味で、あのサインのことわかってねーからな？

「あ、あぁ、それは、もちろん」

「では、そのサインの意味をお答えください」

「なにを……」

これは、あれだ、単純に、自分のサインが、あの書類の内容を了承するものだけだとしか思っていない。

「お答えください」

おじい様の圧に国王陛下の喉《のど》が、ぐぎゅうっとなる。

んな怖がってたって仕方がねーでしょうよ。さっさとお答えしなさいよ。言っとくけど、宰相閣下と王妃様のフォローは期待すんなよ？

二人とも、おめーが本当の意味を知らないで、あの誓約書にサインしたことに気づいて、その迂闊《うかつ》さにあきれてるんだよ。

わかってねーのは、おめーだけだからな。

そしておじい様は、おめーの迂闊さに、これから鉄槌を落とす気満々だ。

「リュ、リューゲンが、王にならず王籍を抜けるという、了承のサインだろう」

「えぇ、そうです」

間違ってなかったと、ほっとした国王陛下に対し、おじい様は言葉をつづけた。

「すなわちそれは、貴方が、第一王子殿下の父親であることを放棄すると、そういう意味でもあります」

おじい様の言葉に、国王陛下は、はっ、と小さく声なのか息なのかわからないものを漏《も》らした。

「な、なにを」

「あれは、そういう誓約書です。第一王子殿下が成人したあと、王籍を抜けた王族として、フルフトバールを侯爵から大公へ陞爵《しょうしゃく》させて継ぐのではなく、マルコシアス家のアルベルトがフルフトバール侯爵になる。貴方のサインは、王族のリューゲン・アルベルト殿下をマルコシアス家のアルベルトにすると、お認めになるものです」

「な、なんでそうなる！」

いや、こっちが、なんでそれがわからないって、言いたいわ。

「母上はマルコシアス家の直系です。直系の唯一の姫です。母上の子である僕が王にならないのなら、マルコシアス家の姫の子として、マルコシアス家の当主になるのは当たり前のことじゃないですか」

成人したら王太子にならず王籍を抜ける。それはマルコシアスの人間だから、成人したら王籍から抜けてフルフトバールに帰るよってことだ。

何をどう考えたって、あの時点で、僕が王籍を抜けるのは無理だった。

だって、いまだ国王陛下の子供は、僕とイグナーツくんの二人だけで、二人だけしか王家の子供がいない中、その中の一人を外に出すなんて、僕やおじい様はよくても、他はよくないだろう。

国議では絶対承認されない。

しかも王妃様、いまだ二人目を懐妊する兆し無し。

だから僕が王籍を抜けるという承認を得るハードルを低くさせるために、成人したらっていう文言をいれたのだ。

宰相閣下があの時ものすごくぐずっていたのは、僕を王にさせるべきっていう思いも強かったけど、このことがわかっていたから。

だけど親である国王陛下が、自ら僕を手放すサインをしてしまったのだから、宰相閣下が何を言おうと、これはもう覆らないのである。

「俺《おれ》はそんな意味でサインをしたんじゃない！」

国王陛下は声を荒らげ否定する。あの誓約書にサインしたら、僕が自分の子供でなくなるのではなく、単純に継承権の優先順位がイグナーツくんが先になるだけだと、思ってたんだろう。けど……。

「でも、サインするのに躊躇《ためら》わなかったですよね？」

僕がそう言うと、国王陛下はあからさまに肩を震わせ、信じられないと言いたげに僕を見た。

「国王陛下のお答えは、もうそこで出てるじゃないですか」

僕に対して、肉親の情があるとか、言わないでほしい。僕の父親であることを怠ったのは、国王陛下だ。

「答えって」

「国王陛下にとって、僕も母上も、邪魔だったんですよね？　国王陛下の寵愛を欲しがる母上が、王妃殿下に何かするのではないかという懸念。王妃殿下との間にできた第二王子殿下をご自分の後の国王にしたいという願望。そういった問題が、あの誓約書にサインすればすべて解決する。だからサインしたんですよね？」

もうさ、僕に対しての良い父親のふりとかしないでよ。そんなん誰もおめーに期待してないんだって。

「ち、が、ちがう、そうじゃ、そんなんじゃ……ない、俺は」

「やめてくださいよ、そんなこと言うの。違う、ことはないですよね？」

なのに、それを否定するのはさぁ……、ほんと良くないよ、そういうのは。

「邪魔だったから、母上に対してあのような態度だったんでしょう？　僕ずっと不思議に思ってたんですけれど、国王陛下は母上の何がそんなに気に入らなかったんですか？」

「き、きにいら……」

「違う、という言葉は、本当に言わないでください。誰がどう見てもそういう態度でしたよね？母上の声を聞くのも疎ましいといった様子で、側妃として王妃殿下にご挨拶《あいさつ》しようとしたのも禁じて、関《かか》わるなと仰《おっしゃ》った。後宮のことは王妃殿下の管轄です。側妃が後宮の主人である王妃殿下に、『今日からよろしくお願いします』と、ご挨拶をするのは当たり前のことじゃないですか。なのに後宮の管理に権限がない国王陛下が、自分が後宮の主だと言わんばかりに、母上と王妃殿下の交流を邪魔するから、おかしなことになったんですよ」

「こ、子供になにがわかる」

「年齢持ち出して、自分の都合が悪いところを隠蔽ですか？　その子供でも理解していることを国王陛下がわかってないから、わざわざ教えて差し上げてるんじゃないですか。はっきり言わせていただきますが、僕の母上と王妃殿下の関係が拗《こじ》れた原因は、国王陛下です」

「なっ！」

「なっ！じゃないんです。どうせ国王陛下のことだから、母上が国王陛下の寵愛を得ようと王妃殿下を害するはずだって、勝手に決めつけたんでしょう？『リーゼロッテは俺に惚《ほ》れてるけど、俺の愛はカテリーナに捧げている。きっと俺の愛を独占しようとカテリーナを虐げるはずだ！』って、ロマンス舞台でヒロインを守るヒーローになったみたいに、俺様モテてモテて困っちゃうなー。って自惚《うぬぼ》れたじゃないですか」

僕の説明に、何を言ってるんだとチベットスナギツネのような顔をしたのは宰相閣下で、王妃様は咄嗟《とっさ》に口元を押さえて、顔を背《そむ》けていた。肩が震えてるから、笑うの堪えてるのかな？

おじい様は相変わらず眉間に皺《しわ》を寄せて、国王陛下を睨《にら》みつけている。

「自分で側妃に母上を選んでおいて、よくそんな勘違いしましたね。母上は国王陛下の婚約者だったんですから、当然王妃教育受けてましたし、子供ができなきゃ後宮解放して側妃を入れるってことぐらい理解してますよ。ラーヴェ王家の跡継ぎ問題を解消しなきゃいけないから、母上を側妃にって声を掛けたくせに、当の本人は恋愛脳で、王妃と側妃の関係をぶち壊すし、『美女二人に愛される俺は、なんて罪作りなんだ』って、見当違いな優越感に浸ってたじゃないですか」

「ちがっ」

「違うという言葉は言わないでくださいと、僕は言いました。母上の傍にいて一部始終見ていた僕がそう思ったんです。僕だけではなく、母上に仕えていた者たちもみんなそう思っています。結果的には、国王陛下の望み通り事が進んだわけですし、良かったですね」

「望み……？」

「僕と母上の排除ですよ。母上は側妃を廃され、僕は国王陛下の子供じゃなくなりました。国王陛下のお望み通りの結果ですよね」

「お前は俺の子だ」

「元です。国王陛下のいままでの行いを振り返ってください。僕に対しての処遇は、我が子に向けるものではありません。そして僕を自分の子供にしておきたくないからこそ、神殿誓約がかかっている誓約書にサインした。それが国王陛下のお答えで本心です」

「ちが、そうじゃない！　本当に、そんなことは、思ってなかったんだ！　そんな意味で、サインしたんじゃない！　たしかにお前とイグナーツとの対応に差はあった！　それは認める！　だが、要らないだとかそんなことは思ったことはない！　お前のことだって、ちゃんと俺の子だと思っているんだ！　だから、王になれないお前の為にと思って、アインホルンとの婚約を結ぼうとしたのだろう‼」

うわ……、それはねーわ。おめー、それを聞いたら僕が感謝するとでも思ったか？　宰相閣下や王妃様が、おめーのやらかしをいいように受け取るとでも思ったのか？

何よりもおじい様が、許すと思うか？

僕もおじい様も、宰相閣下も王妃様も、誰一人、僕の親としてのおめーを見直したりなんかしねーわ。それどころか、国王としての仕事はできるくせに、なんでこんなことを考えてるんだって、あきれるしかなかった。

「そのお言葉が、陛下がアルベルト殿下に対してなさった、すべてにおいての免罪になるとお思いですか？」

国王陛下の自惚れを叩き潰《つぶ》したのは、王妃様だった。

「カ、カティ……」

擁護するのではなく、冷たい口調で問いかける王妃様に、国王陛下は何故《なぜ》自分の思いが伝わらないんだと、そんな表情をする。

「だが、リューゲンは、そう、リューゲンは王にするには心許なかっただろう⁉」

それは、そう。回線が繋《つな》がるまでは、僕は頭の足りない王子様だった。確かにそれでは、国王になるにはという憂いがあっただろう。

だけど、国王陛下はそれに気が付いていたのか？

「まともにお話をなさったこともないというのに、何故そう思うのです？」

ほら、王妃様に突っ込まれてしまった。

「いや、そんなことはない！　側妃の宮に用があって訪れた時にはちゃんと声をかけていた」

「お声をかけることと、会話をするということは、全く違います。陛下はアルベルト殿下とお会いした時に何を話されましたか？　アルベルト殿下のお話を聞いたことはございましたか？」

ねーよ。いつも上から目線で、ちゃんとやれとか、王族の人間として恥じない行動をしろとか、そういうことを一方的に言われただけだ。僕から国王陛下に何か話したことなんて一回もねーんだわ。

そのことに気が付いたのか、国王陛下は王妃様の言葉に明確な言い返しができない。

「もし、陛下の仰る通りだったとします。アルベルト殿下が国王になるには心許ない。そうであるならば、なぜそこでアルベルト殿下を排除しイグナーツを国王にする方向に動かれたのでしょうか？　まず、親であるというならば、国王として次代の国王を憂うならば、何がおかしいのか、矯正は可能なのか、それを先に調べるべきでございましょう。アルベルト殿下の能力に懸念がおありならば、アルベルト殿下の身に何が起こっているのか、魔術塔の魔術師たちに診てもらい助言をしてもらうのが、先ではないのですか？　そうなさらなかったということは、陛下はあの状態のアルベルト殿下を国王としての素質がないという言い訳に使われたのです」

おめーのやったことには誠実さがないと、王妃様にガツンと言われてしまった国王陛下は、深く項垂《うなだ》れる。

「しかも陛下は、元側近であった方々がなさったことをお諫《いさ》めにならなかった。それらは陛下のあずかり知らぬところで起こったこと。ですが、発覚後のあれを悪意と思わず、側近の方々の処分をなおざりにされようとしました。陛下、貴方のそのような甘さが、アルベルト殿下の要望を通してしまったのです」

六歳児の掌の上で踊らされてるんじゃねーよという、遠回しの嫌味だなこれは。

「今更、たられればを言っても、陛下がなさったこと、アルベルト殿下が誓約したこと、それらすべてを覆すことはできません。この件では、もう、後戻りはできないのです」

「だ、だが！」

それでもしつこく諦《あきら》めの悪い国王陛下に、王妃様は諭すように告げる。

「陛下に、アルベルト殿下に関する承諾のサインをしていただくのは、父親としての体裁を残しただけにすぎません。本来なら、それさえも必要なかったと、わたくしは思います。フルフトバール侯の慈悲に感謝してください。これ以上、陛下がアルベルト殿下の父親としてできることは、なにもないのです」

王妃様の言葉に、国王陛下は俯《うつむ》いたまま、両手で顔を覆《おお》った。

王妃様のお言葉は、国王陛下に響いたようで、僕がおじい様と退出するときに、国王陛下から謝罪の言葉を貰《もら》ったのだが、申し訳ない、これっぽっちも感じなかった！

なんか、あー、そうなんですかーって感じで、全然、心に響かなかった。

僕に対して悪いことをしたと、そういう思いは伝わったんだけど、それに対して僕の気持ちは他人事のようにしか思えなくって、『やっと謝りやがったか！』とか『謝ったところで許されると思うなよ！』とか『過失を認めさせてやったぜ！』とか、そういうのが全くなかった。

唯一思ったのは、『理解したなら変なちょっかい出さないで、大人しくしていて下さい』だった。

「僕って、薄情なのかな？」

おじい様と一緒に、シュトゥルムヴィント宮（忘れてると思うけど、僕が滞在してる宮の名前だよ）に戻る途中で、そんな言葉をこぼしたら、おじい様に頭をなでられた。

「薄情、というならば、お前はリーゼをフルフトバールへ戻そうとしなかったのではないか？」

「え、だって、ほら、母上は可哀想《かわいそう》でしたし」

「そう思う心があるのなら、薄情、ではなかろう？　陛下はご自分の甘さのツケを払っただけのこと。それに対してお前が心を砕く必要はない」

あ、はい。つまり、これ以上国王陛下にかかずらう必要はないってことですね。

国王陛下は僕に謝ったけれど、おじい様の気はそれで晴れるかといえば、そんなことはないだろう。

きっと明日、四年前と同じく、王宮は大騒ぎになるだろうと思った。

間章　王妃殿下は頭痛薬が手放せない

フルフトバール侯とともに、執務室を出ていくアルベルト殿下に、引き留めたいと言わんばかりの顔をしながらも、そのお声がけをすることができない陛下は、アルベルト殿下に聞こえるか聞こえないかわからないほど小さな声で、ご自分の責を認める言葉を掛けた。

「すまなかった。リューゲン……」

陛下の言葉に、アルベルト殿下は感情のこもっていない視線を向けるだけで、ただ一言。

「御機嫌よう。国王陛下」

それは訣別の挨拶《あいさつ》であり、今生の別れの言葉のようだと思った。

アルベルト殿下のご返事に、陛下はまたしても傷ついた表情を浮かべる。

ご自分がアルベルト殿下にしたことを棚に上げ、自分こそが被害者だと言わんばかりのご様子に、わたくしもビリヒカイト侯も、ため息さえも出てこない。

陛下はあの頃からお変わりない。

目先のことだけしか考えられない。

ご自分のお言葉、行動、一挙一動が周囲にどれほどの影響を与えてしまうものなのか、微塵《みじん》も御留意なされていないのだ。

だから、あのようなわたくしを助けるという名目で、ご自分の願望をかなえられた。

「どうして、こんなことになってしまったんだ」

陛下のお言葉は、執務室に残されたわたくしやビリヒカイト侯に聞かせるためのものではないようで、ただただご自分のお胸の内を吐露していく。

「あの時のあの誓約書で、リューゲンが俺《おれ》の子ではなくなるなんて、誰《だれ》がそう思うんだ。王族が王籍から抜けるなら、当然臣籍降下するものだと思うじゃないか」

フルフトバール侯……マルコシアス家が、建国から今の代になるまで、一度として王族との縁を繋《つな》げなかったことを、何故《なぜ》疑問に思われないのか。

リーゼロッテ様との婚約や側妃として召し上げたときも、無謀ともいえる条件をマルコシアス家から提示され、それを全部受け入れられなければ、王宮への挙兵もやむなしと、そう宣言されたと、他国から嫁いだわたくしとて耳にしている。

フルフトバール侯にしてみれば、王族に対しての不遜な態度を押し通し、リーゼロッテ様の王家への輿入れ、ひいては側妃の召し上げをご破算にしたかったに相違ない。

王家とて、フルフトバール侯の重要性は充分に理解している。

不帰の樹海から出てくる魔獣の脅威を防いでくれている、防衛の要だ。

本来なら政略として受け入れるに問題ない相手であったにもかかわらず、マルコシアス家自体が特殊過ぎたため、王家との政略が使えない相手だったと理解していたのだろう。

だからこそ、フルフトバール侯の条件をすべて受け入れたのだ。

そこまでの相手を王家の一員にさせるというのに、陛下は……。

「陛下、何故リーゼロッテ様を蔑《ないがし》ろにされたのです？」

リーゼロッテ様への待遇は、慎重に、そして丁重に、貴賓のごとく対応せねばならなかった。

「カティ？　何を言ってるんだ。リーゼロッテは俺に惚《ほ》れていただろう？　立場をわからせねばお前を害していたかもしれないじゃないか」

なにを寝ぼけた戯言を仰せになられているのか。

「矛盾しております」

わたくしの返事に陛下は呆けた顔をする。

「わたくしへの配慮。そう仰《おっしゃ》るのであるならば、何故リーゼロッテ様を側妃に選ばれたのです。ビリヒカイト侯にお聞きしました。側妃選定の話になったときに、陛下がリーゼロッテ様のお名前を出したと。他の候補もあげられたというのに、あの方をお選びになったのは陛下であったと」

「リーゼロッテを選んだのは、もともと彼女が俺の婚約者であったからだ」

「ですがわたくしと婚姻し、リーゼロッテ様との縁はそこで切れたはずです。あの方がわたくしを害すると思うなら、側妃に召し上げ、陛下のお傍に置く必要はなかったではありませんか」

わたくしを守るためだと言うなら、寵を得るために他者を排除するだろうと思われた相手を側妃にしなければよかったのだ。

何よりも、リーゼロッテ様のご実家は、王家の暗部の母体ともなる組織の所有主。

あの方がそう望めば、今頃《いまごろ》、わたくしとてこの場に存在しないのだ。

なのに陛下はそのような考えに至らない。

それどころか見当違いなことを言いだした。

「婚約者であったリーゼロッテの存在に嫉妬《しっと》しているのか？　心配せずとも俺の気持ちはカティのみに向いている。お前が不安に思うことなど」

「そのような話をしているのではありません」

不敬だと思うものの、途中でそのお言葉を遮《さえぎ》らせていただく。

「わたくしが申し上げているのは、わたくしを害するかもしれないと疑いをかけている方をなぜ側妃に召し上げたのかという話です」

「いや、だからそれは」

「婚約者だったから、と仰いましたけれど、その婚約にフルフトバール侯は猛反対されていたとお聞きしています。陛下との婚約も、三年白い結婚で、その後陛下とは離縁するという条件だったそうですね？　側妃としてのお話も、王太子となるお子は、王となってもその血を王家に残さないという取り決めだったとか」

「え？」

その表情は、初めて聞いたと言わんばかりだ。

思わずビリヒカイト侯を見てしまう。

「ビリヒカイト侯、どういうことでしょうか？　陛下はリーゼロッテ様との婚約の条件、側妃に召し上げる条件、双方ともお知りになられていないご様子です」

「知らない、などということはありません。それこそ、王妃殿下が仰った条件で誓約書が作成されて、婚約の時は先代の国王陛下と、当時は王子殿下でいらしたアンブロス陛下、そしてマルコシアス卿とリーゼロッテ様のサインがされています。側妃としてリーゼロッテ様を召し上げる時も同じく、陛下とリーゼロッテ様、マルコシアス卿、立会人として私のサインをしました」

では単純に覚えていないと？

そんなバカなことがありますか！

婚姻関係にまつわる取り決めの誓約書なのに、内容を知らない？　サインもしたことを覚えていない？

ありえない!!

「陛下、リーゼロッテ様との婚約、そして側妃の受け入れ、サインをされたときのことを覚えていらっしゃいますか？」

「俺はてっきり、あのサインは婚約を交わすサインと、側妃との婚姻のサインだと……」

「婚約と婚姻のサインは、当人と顔合わせをして行われています。その前です。条件の受け入れ、これはマルコシアス卿がリーゼロッテ様のサインをしたものをお持ちになられ、立会人の私の前で、マルコシアス卿と先代国王陛下、そして貴方様のサインをしていただいたではないですか」

ビリヒカイト侯は、その誓約書にサインされる前に、どのような理由でサインをするのかということを告げていたと付け加える。

「私の告知を聞いていていらっしゃらなかったのですか？」

「そんなことはない！」

「なら何故覚えておられないのです」

ビリヒカイト侯の言葉に、陛下は苦悶の表情をしながらも、この何とも言い難《がた》い奇妙さに驚愕《きょうがく》している。

「わからない……。俺は、なんで……。言われてみれば、カティの言うとおり、矛盾だらけだ」

ようやく、ご自身の矛盾だらけの行動と思考に、気が付かれたようだ。

だけれども、今までそのことに何の疑問も持たなかったというには、あまりにも何かがおかしい。

陛下同様に、わたくしもビリヒカイト侯も、陛下の身に起きている異常さに、薄気味の悪さを感じてしまう。

「リューゲンのことも、俺は王太子になれないから可哀想《かわいそう》だと、そう思った」

「アルベルト殿下は、王太子になれないいいのではなく、ならないいのです」

それを四年前のアルベルト殿下に決めさせてしまったのは、陛下の愚かな言動だけではなく、わたくしたち周囲の大人たちの態度も原因だ。

周囲に何を言われようとも、わたくし自らリーゼロッテ様の元に赴いて、話をすればよかった。

断られたと聞いても、訪問を強行すればよかった。

もっと早くアルベルト殿下にお会いすればよかった。

何もできずにいた自分が、情けなく、腹立たしい。

あの時のアルベルト殿下から、子供らしくあることを取り上げたのは、王宮にいる全員の咎《とが》だ。

「アルベルト殿下にとって、ラーヴェ王国の国王という地位は、価値がないものなのだと、そう思わせてしまったのですよ」

わたくしの言葉に陛下は目を見開いた。

「ラーヴェ王家は、国を繁栄させ、周辺諸国と対等に渡り歩いて行けるであろう偉大な王を、王になる前に葬ってしまったのです」

もとより、アルベルト殿下が国王になったところで、その血をラーヴェ王家に残すことは叶《かな》わない。

マルコシアス家は、徹底してその血を王家に入れることを拒否しているのだ。

でも、国王になられたアルベルト殿下に育てられた子ならば、その志を引き継いで薫陶を受けてくれるかもしれない。

そんな期待をアルベルト殿下は持たせてしまうのだ。

「どうしてこんなことになったのだと、陛下は嘆かれていますが、原因はすべて陛下自身にあります。陛下、貴方は国王としての采配はできますが、次代を選び育てる才は皆無です」

「カティ……」

「わたくしは、貴方から求婚された時点で、この国に嫁ぐ以外の道は絶たれました」

「な、何故そんなことを言うんだ！」

「事実です。故国に残れば、わたくしは王家の醜聞をなかったことにするために、殺されたことでしょう。それは、貴方の求婚を断っても同じです」

どのみちわたくしは故国を離れるほかになかった。

しかし陛下の行いは、先を見据えていない愚かなものであったけれど、そのおかげでわたくしは生き延びることができた。

悪い方ではないことは、充分に理解している。

この悪くないは陛下の人格の話であって、リーゼロッテ様やアルベルト殿下、ひいてはフルフトバール侯への対応のことや不義理のことではない。

他の方にはされている配慮、尊重、気配りを、何故か、リーゼロッテ様、アルベルト殿下、そしてフルフトバール侯に対して行わない。

いいえ、陛下はフルフトバール侯の重要性や恐ろしさをご理解されているから、フルフトバール侯に対しては、沈黙という形をとられている。

だけどリーゼロッテ様やアルベルト殿下が、フルフトバール侯の肉親であるということを考慮されていない。

わかっているはずのことがわかっていない。

何かしらこの違和感。

先ほどの、リーゼロッテ様との婚約や側妃に召し上げる条件のサインの話をしたときも、同じように感じた薄気味悪さと同じだ。

「陛下、『どうすればよかったのか』と嘆かれるよりも先に、貴方がリーゼロッテ様とアルベルト殿下になさったことを振り返ってください。それは正しい行いだったのか、お考え下さい。ご自分がリーゼロッテ様やアルベルト殿下になさったことに対して、胸を張って間違っていなかったと、それは正しいことだったと、そう思われるお答えをお出しください」

「そ、そんなこと……」

「そのお答えが出ていれば、陛下はこれ以上アルベルト殿下に関《かか》わろうとは思われないはずです」

「何故だ！　俺は父親だぞ⁉」

まだ言うか。

「アルベルト殿下は陛下に対して、肉親の情などお持ちではありません。何もないのです。そう、貴方や側近だった方々にされたことに対しての憎しみもなく、無関心です」

「む、無関心……」

ご自分がアルベルト殿下に無関心であるのは良くて、しかしアルベルト殿下からそうされるのは受け入れられない。

なんなのかしら、この話の通じない異常さは。

「リューゲンに何をしてやればいい」

「何もなさらないでください」

またもや頭を抱えて呻く陛下に、淡々とした口調でお答えする。

「カティ！」

今度はわたくしの言うことが悪いとでもいうのか。


「陛下、いい加減になさい」


眉間に皺《しわ》を寄せ、ビリヒカイト侯が口を挟んできた。

「もとより、アルベルト殿下に無関心だったのは、陛下のほうです」

「だ、だから、それは悪かったと思っている。これからは」

「その『これから』を、アルベルト殿下は欲していらっしゃらないのですよ。王妃殿下が先ほど仰ったように、アルベルト殿下は、陛下に対して無関心です。陛下からアルベルト殿下の為だという名目で、なにかをされることを望まれてはいません」

「俺は……」

「憎まれていたならば、良かったですわね。もしそうであるならば、憎まれ役という立ち回りができましたもの」

だけど現実は、それさえもない。

「陛下がアルベルト殿下にできることは、アルベルト殿下のお手を煩《わずら》わせることをなさらない、それに尽きるでしょう」

それでも、アルベルト殿下へ、ご自身の過失を挽回することができないことに納得できないのか、はたまたアルベルト殿下に関わることを諦《あきら》めきれないのか、陛下は不満を隠すことをせずにいる。

それをビリヒカイト侯も見抜いているのだろう。

苦々しい表情で、ビリヒカイト侯は告げた。

「陛下、アルベルト殿下にこだわるよりも、貴方はもっと気にかけねばならないことがあるのですが？」

「なに？」

「四年前のことをお忘れか？」

もしかして、あのことだろうか？

アルベルト殿下がフルフトバール侯とともに来て、陛下やビリヒカイト侯に、将来のことをお決めになられた翌朝に起こったこと。

まさか、また？

いえ、まさかどころではない。本日の話も、フルフトバール侯の怒りに触れていたのだ。

同じことが起きることは、避けられないだろう。

「リーゼロッテ様が宿下がりした後、メッケル北方辺境伯夫人が乗り込んできたことをお忘れか？」

あ、そちらもあったか。

マティルデ・ペルデ・ヒンデンブルク様。またの名はメッケル北方辺境伯夫人。

陛下の従兄妹《いとこ》であり、元アインホルン公女でいらしたお方。

色彩と性別以外は陛下に瓜二つの容姿で、それでいてちゃんと女性的な美しさを持つ貴婦人。

彼女はことのほか親友であるリーゼロッテ様を気にかけていらした。

陛下とリーゼロッテ様の婚約には、フルフトバール侯とともに最後まで反対していて、それは側妃に選ばれたときも同様だったと聞く。

そして、リーゼロッテ様がフルフトバールに宿下がりをしたと知ったときは、メッケル北方辺境から休まず馬を飛ばして王宮にやってきて、陛下を罵りながら何度も殴り飛ばしたそうだ。

元公女といえども、今は北方辺境伯夫人。

一国の王への暴行など本来なら許されないが、陛下がリーゼロッテ様にされたことだって内乱を起こされても致し方ないことだったのだ。

何よりも、マティルデ様はいまだに国務会議……、国議に参加している貴族から王位継承権の復権を望まれている存在。

四年前のマティルデ様の行いは、国王の臣下としてなら、手打ち上等で呆けた主君をお諫《いさ》めしたということになっている。身内としてなら、王の地位にいるくせにバカをやった従兄妹を叱責したという形で片を付けられた。

それだけではなく、マティルデ様はわたくしの元にも訪れて、『自惚《うぬぼ》れ屋のバカの手綱をとれぬ王妃なら、いる必要はない』と叱責していかれたのだ。

全くその通りなので、反論も言い訳もできない。

今回のことがマティルデ様に知られたら、殴り込みで済まされるだろうか？

「さすがに今回は、メッケル北方辺境伯がお止めになると思うので、メッケル北方辺境伯夫人が王都に早馬で駆けつけることはなさいませんでしょう」

リーゼロッテ様が王都でいろいろな手続きを終わらせ、再婚周知のお茶会も済ませ、フルフトバールに帰還されるのと同時に、マティルデ様もメッケルへお戻りになられた。

交流のある親族であるにもかかわらず、登城し陛下へのご挨拶をなさらなかったことを考えれば、マティルデ様の憤怒がいかほどのものであったのか、窺《うかが》い知れるというものだ。

「しかし抗議の手紙が届くことは避けられませんよ」

その光景を陛下も想像できたのか真《ま》っ青《さお》な顔をする。

「マティーには……」

「伝わらないとお思いですか？」

そんなこと、できるわけがない。

陛下の妹君はもともと陛下とは疎遠で、今は他国へと嫁がれている。

アインホルン公爵は陛下へ何らかのアドバイスができる立場であるが、抑止になるようなことはできない。

唯一陛下へ忌憚のない意見を述べ、叱責できるのはマティルデ様だけなのだ。

前回のように乗り込まれて、物理攻撃されないのであれば、手紙での抗議程度で済ませていただくことに感謝するべきだ。

そして翌朝、わたくしやビリヒカイト侯の予想通りに、陛下の寝所から、処刑間近の罪人の死体が二体、発見されることになる。

罪人は前回陛下の寝所で発見された時と同じく、今回もわたくしの身辺を探っていた間者だ。

前回の教訓からか、今回は、持ち主不明の右腕は、一本もなかった。

当分の間、頭痛薬が手放せないと思った。

僕の宮にいる庭師は庭師じゃない

僕の宮の庭師は、母上が宿下がりしたときに、一人を抜かして全員一新されたのだが、全員、フルフトバール出身のマルコシアス家の庭師である。

残った庭師はクリーガーより年配の中年の人で、でも体つきなんかクリーガーと似たり寄ったり。そしてフルフトバールから新しくやってきた庭師たちも、大体似たような体型の人たちばかりだ。

母上がいた時は、母上に合わせた、花や緑が美しい庭を造ってくれていたが、母上が去ってからは、全く違う趣となった。

王城の土地をこんなふうにしていいのかなーと思うものの、外部から人が来るときに目に入る場所は、今まで通りなので、他所《よそ》から文句を言われることはないんじゃないかな？

「アルベルト様がフルフトバールにお帰りになる際には、元に戻しますから大丈夫ですよ」

と、母上がいた時からここにいた庭師、フェアヴァルターは笑う。

「どうやって？」

「俺《おれ》の魔力は土属性なんですよ。あと二人ほど同じ土属性の者がいますからね。これぐらいの広さなら、元に戻すのはすぐにできます」

へー、そうなんだ〜。

僕は魔改造された庭に目を向ける。

なんて言うか、庭じゃないんだなぁこれは。森、しかも結構な障害物トラップが付いてるやつ。

いやね、これ最初はもうちょっとこぢんまりとした、子供用のアスレチックだけだったんだよ。

ほら、僕、基礎体力出来てなかったから、そういう遊具で遊んで体力つけようってやつでね。僕の体力がついていくのと並行して、少しずーつ少しずーつ、アスレチックの難易度も上がっていって、最終的にはこれですよ。

これってさぁ、鬼に妹以外の家族を殺された少年が、鬼を斃《たお》す組織に入る前に、師匠のところで山中の稽古をつけてもらうやつ、アレに似てるなーって。場所は山の中じゃないし、規模だって小さいけど。

「本当はアルベルト様が五歳になるまでに、フルフトバールの不帰の樹海で初狩りの儀を済ませていただきたかったのですが、それは無理ですからね。もう一つのほうを優先させようと思いまして」

初狩りの儀っていうのは、マルコシアス家の男子はほぼ全員が行う儀式で、五歳未満の子供に、短剣を持たせて、斃された魔獣に刃を入れるというやつ。

雄大な自然であるがゆえに、不帰の樹海には、人間にははかり知れない脅威がたくさんある。地理そのものもだけど、樹海に生息している魔獣は、間引かなければ、フルフトバールの地に甚大な被害をもたらすのだ。

だからこそ管理者たるマルコシアス家の人間は、不帰の樹海に生息している、あらゆる魔獣に対応できなければいけない。

魔獣の放つ威圧感やら、造形の恐怖やら、その凶暴さの猛威やらにひるむことのないタフさを身につける最初の足掛かりとして、初狩りの儀というやつをやるわけだ。

そして、初狩りの儀が終わると、不帰の樹海への立ち入りが解禁になるらしい。

ねぇ？　僕、王城から出たことないわけでしょう？　その儀式やってないわけよ。だから不帰の樹海の広大さも、魔獣にも相対したことがないんだよねぇ。

「初狩りの儀をしてないなんて、マルコシアス家の当主に相応《ふさわ》しくない！って言われちゃうかな？」

僕のつぶやきにフェアヴァルターは陽気な笑みを浮かべて答えた。

「歴代の主君には、儀式をしなかった方もいらっしゃいますし、女性の主君もいたんです。アルベルト様が儀式を受けられなかった理由は、ちゃんとわかっていますからね。一応五歳までに済ませるということになってますが、成人後の、不帰の樹海での初陣が、初狩りの儀となることもあるんですよ」

なるほどね。

「僕、生まれてくるタイミングが悪かったなぁ」

「アルベルト様？」

「第一王子じゃなくって第二王子だったなら、もっとスマートに事が収まったよね？」

第二王子であったなら、国王陛下のやらかしは無視できたし、おじい様が訪れた時点で継承権の返上を見据えてのマルコシアス家継承の準備を表立ってしても、ごちゃごちゃ言われなかっただろうし、王族でもフルフトバールに行くことだって、意外とすんなり承諾されたと思うんだよ。

ほんとによぉ、仕込みの段取り悪いんだよ、国王陛下は。

フェアヴァルターが造ってくれた、アスレチックというにはいささか物騒な障害物込みの散歩道は、ある程度の体力や筋肉が付いていなければ、熟《こな》すのは難しい。そしてあともう一つ必要な要素があって、それが魔力。

この魔力をうまく全身に循環させながら身体を動かすと、トラップだらけの散歩道も難なく進んでいくことができるのだ。

この世界……、僕が知る限りでは、ほとんどの人間、王族も貴族も平民も関係なく、魔力を持っていて、ただし魔力量はやはり貴族や王族のほうが多く、平民はそれほど多くない。

もちろん例外もあるよ。

魔力を持ってない人、平民でもめちゃくちゃ魔力量がある人、王族や貴族でも魔力量が少ない人もいる。

貴賤《きせん》関係なく魔力を持っている世界だから、そういう人はなんか物語の主人公になりそうだよね。

僕の身の回りにいたら、きっと僕はかませ役になりそう。王子だし、魔力量は可もなく不可もなくって感じだしね。ちなみに、イグナーツくんはね、魔力量、結構多いみたい。こっちは主人公か、主人公の相棒的な存在になりそうだよね？

魔王とか魔族とかそういうのはいないけれど、魔獣（モンスター）はいるんだよね。それでね、ドラゴン、ドラゴンもいるんだって！　ロマンだよね！　まぁ絶対的に個体数が少なくって、人間が立ち入ることができない険しい山脈とか、海の奥底とか、それから……不帰の樹海の深奥とか、にいるらしい。

ドラゴンは魔獣の頂点にいる存在で、魔獣の中でも、唯一、人と意思疎通ができるらしい。この辺は伝承的なものも含まれてて、しかももう何百年も姿を見たことがないから定かではないんだ。ドラゴン自体、滅んだかもって言われてるんだけど、たまにドラゴンの鱗が発見されてるから、きっとまだ何処《どこ》かに生息しているはず。

生きてるうちに、一度でいいから見てみたいな。子供っぽいとか言わないで！　だって僕まだ十歳だよ！　子供だよ！　ドラゴンに憧《あこが》れたっていいじゃない！

僕は将来、フルフトバールの地を守っていかなきゃいけないから、不帰の樹海の魔獣を間引けるようにならなきゃいけない。

もちろん一人で討伐を全部やるってわけではない。まぁ欲張ったことを言えば、単体の中型魔獣ぐらいは、一人で斃せるようになれればいいってことだ。

僕の属性は風。

おじい様の話によると、マルコシアスの銀眼持ちは、属性が風で固定されてるんだって。これはマジで例外もなしで、銀眼で他の属性持ちだった場合は、正確には銀眼ではなく銀色に他の色がうっすらと混じっているらしい。そうすると、風属性ではなく他の属性だったりするそうだ。

そんなこともあるんだねぇ。

「身体を動かす訓練はだいぶ慣れてきましたし、身体への魔力巡りも、うまくできてますから、そろそろアルベルト様の得物を考えないといけませんね」

お散歩コースを三セット終了させた僕に、フェアヴァルターが腕を組みながらそんなことを言い出す。

「得物」

「えぇ、得物。主君の得物はグレイブです。クリーガーは大剣ですが、あれはちょっと規格外の大きさですからなぁ」

「大剣？」

あれ？　でも、ここにいた時に持っていた剣って、そんな大きいものじゃなかったような？　通常のものよりも大きくて重そうな感じはしたけど、大剣って感じじゃなかったはずだぞ？

「ここじゃぁ、あの大剣は振れませんからね。振ったらアルベルト様の宮が壊れちまいます。ここにいた時は、騎士団が使ってる仕様の剣を持っていたんですよ」

本来使っているものではなかったから、使いにくそうだったと、フェアヴァルターは言う。

「フルフトバール軍の人たちは、みんな大きな武器なの？」

「いや、あんな大剣を振り回すことができるのは、クリーガーぐらいなもんです。よくあんなもんを振り回すことができるもんだ」

ふ～ん、いいなぁ～。僕もクリーガーが大剣振るってるところ見てみたい。

ちょっとだけふてくされている僕に気が付いたのか、フェアヴァルターが訊《たず》ねてくる。

「アルベルト様、何か使ってみたい得物の希望はありますか？」

「フェアヴァルターも知ってるだろうけど、僕、今まで剣も振り回したことがないから、わかんない」

以前、イグナーツくんが僕と剣術の稽古がしたいというのを断った理由がこれです！

僕、今まで、剣術の稽古したことない。それよりも、とにかく体力づくりと、自分の思い通りに身体を動かすようにできること、それからそうやって動いてる最中でも、魔力を循環させ続けること、これを集中的にやってたわけよ。あと他にもあったんだけど、とにかく、剣術よりも、そっちを中心的に鍛錬してるんだよね。

だからそろそろ、本格的に得物を持っての稽古に取り掛かろうってことらしい。

あのー、そのー、もしかしなくても、その稽古をつけるのって、フェアヴァルター……ですよねー!? うん、なんとなくわかってた！ そんな感じ、した！ だってフェアヴァルターって、クリーガーと同じ匂《にお》いがするんだもん！ フルフトバールから来た他の庭師も同じ！

庭師だとか護衛騎士だとか、そんな雰囲気じゃねーんだわ。

フルフトバールの保有軍にいるのはさ、騎士っつーよりも兵士とか軍士とかそういうやつなんだよ。

それでたぶん、フェアヴァルター筆頭に、フルフトバールから新しく入ってきた庭師たちも、戦闘に特化している人たちなんだと思う。だって動きがさぁ、もう素人のそれとは違う。

フルフトバールの領地に行けない、不帰の樹海に入ることができない僕のために、あそこを模したものを造って、樹海に入っても動けるように、慣れさせてるんだよ。

だってこのトラップだって、毎回、同じものじゃないからね？　訓練に入るたびに、トラップが変わってるから、仕掛けられている位置とか種類を覚えて躱すのは無理。

もう初見でトラップを見極めて、避けるってやつをやらされてる。

僕の宮でちゃんとした庭師って言えるのは、王宮から異動してきたお爺ちゃん庭師だけだ。そう、四年前、王宮の花を折った僕を諫《いさ》めようとして、元愉快なお仲間たちに止められた人である。

四年前のあの騒ぎの後、王宮内での使用人の人事異動で、唯一、お爺ちゃん庭師は自ら僕の宮へ異動したいと名乗り出てくれたらしい。

お爺ちゃん庭師曰く、王宮の庭師はたくさんいるから、自分が抜けても問題ないだろうとのこと。

お爺ちゃん庭師が、人の目に入ることが多い表側の庭に興味を引くように手入れしてくれているので、このやベー魔改造された庭を隠すことができているのだと思うと、頭が下がる思いだ。

フェアヴァルターたちは、自重なんか全くしないからな。

「アルベルト様の動きから言って、剣は向いていないような気がするんですよね。長物のほうがいいような……。ここはやはり、主君に連絡して、一通りの武器を取り寄せてもらいましょう」

うん、うん。そうだね、おじい様に相談したほうがいいかもね。

我が事のように嬉《うれ》しそうに話すフェアヴァルターを見てると、僕はなんだか気恥ずかしい思いでいっぱいになってしまう。

「アルベルト様に合う得物を見つけたら、今度は特注で作ることになりますからね。フルフトバールにいる鍛冶師たちも心待ちにしてますよ」

フルフトバールぐらいになると、お抱え鍛冶師っていうのもいる。きっと腕のいい鍛冶師がいるんだろうな。

そっか、僕の武器作ってもらうんだぁ。

なんだろう、わくわくしてしまう。

だ、だって仕方ないじゃん！　男の子だもん！　武器とかそういうのに興味があるお年頃なんだよ!!

ずるいずるい!は、妹だけじゃなく弟でもやる

あの後、試しで、手軽に用意できる木剣を使って素振りをしたんだけど、フェアヴァルターの言うとおり、なんか合わない。

なんだろう、あの違和感。ちょっと説明しにくい感じ。

僕の素振りを見てくれていたフェアヴァルターや、他の庭師たちも、剣は合わないんじゃないかと言いたげで、僕自身あの何とも言えない違和感や扱いの感覚に、剣が合わないことには早々に気が付いた。

これは、おじい様と要相談ということになった。

双子から僕と一緒に護身術を学んでいるネーベルと、ストレッチをしながらその話をしたら。

「意外だ。アルは運動神経がいいほうだと思ってたから、結構なんでもうまくこなすと思ってた」

と、言われてしまった。

「単に俺《おれ》の体力が少ないだけかもしれねーけど、あのお散歩コースは俺にはできんわ」

「あれはさぁ、やっぱり慣れよ？　僕も動けるようになるまで結構時間かかったし、青あざとか、打撲とかもいっぱいできたよ」

「そうかもしれないけどおおおおっ、ギブギブ！　それ以上は曲がらねぇ！」

背中を押していたらネーベルが悲鳴を上げる。

「ネーベル、魔力巡りちゃんとできてる？　量はそんな少ないほうじゃないよね？」

ネーベルも前の家では剣術を習っていたそうなので、体力は少ないほうじゃないけど、結構、身体は硬い。

「少なくはねーけど、アルみたいにいっぱいあるわけじゃねぇよ」

「僕、魔力量は平均並みだよ？」

たぶん、ネーベルと同じぐらいじゃないかな？

「え？　はぁ？　うっそだろ？」

「ほんとほんと、あのね、魔力巡りって量は関係ないんだ。だって自分の中にある魔力を体内に巡らせて循環させるものだから。巡らせる持続性は必要だけど、それは使い慣れていけば徐々に身についていくもんだし。量自体は少なくても全然問題ないの。そういうのって、習わないの？」

「他の家はどうだか知らねーけど、元の家ではなかったわ」

ん〜、ということは、まず身体づくりと剣術を優先させたのかな？

「その割には体が硬いね？」

「いや、今までこんなのやったことねーよ⁉　長距離走ったり腕立て伏せしたりとかはやってたけど！」

「なんでそれで、ストレッチはやらんのよ」

急に身体を動かすのは筋肉に負荷がかかるんだっけ？　まず準備運動でストレッチして、それから体力づくりの筋トレして、それで最後にもう一回ストレッチで身体をほぐすんだよね？

「ネーベル。ストレッチは朝起きた時と夜寝る前、毎日やろう？　そのほうがいいよ」

日中、ここにきて身体を動かすから、計三回は必須になるんだけどね。あとで一人でもできるストレッチを教えてあげよう。

僕とネーベルが一緒にストレッチしている姿を見て、ヒルト嬢がうらやましそうに見ていたけど、そこはスルーさせていただいた。

まだまだ子供でも、さすがに女の子と柔軟するのはね？　代わりにランツェが一人でできるストレッチ教えるから、覚えていっておくれ。

今度宰相閣下に頼んで、ヒルト嬢が来るときは女性の騎士を派遣してもらおうかな？


そんな感じで、ネーベルとヒルト嬢が、僕のところにほぼ一日おきぐらいに来て、一緒に身体を動かしたり、ラーヴェ王国周辺諸国の共通語である、ディオラシ語を一緒に勉強したりしていたら、凸されました。

イグナーツくんに。

なんでぇ？　ちょっと、どうしてそうなるのか、僕、わかんない。

だってイグナーツくん、君、いつも先触れ出してからくるでしょう？　いきなり凸ってくるなんてこと、一度もしてこなかったじゃん。

庭というか少し開けた芝生の上で、ネーベルに魔力巡りのコツを指導していたら、建物のほうから僕らのほうに近づいてくるイグナーツくんと、それを引き留めようとしているうちの使用人の姿が見えた。

「お待ちくださいっ、第二王子殿下！」

制止の声にも止まらず、イグナーツくんは僕らの傍に来て、僕と向かい合うようにして立っていたネーベルを突き飛ばした。

「ネベ！」

「うぉっ！」

とっさに手を伸ばしたものの、バランスを崩したネーベルは、背中からどしんと芝生の上に倒れてしまう。

「ネーベル！」

助け起こそうとすると、今度は後ろから拘束というか、イグナーツくんに抱きつかれて、なんだと思ったら、クソデカボイスで叫ばれた。


「俺の兄上なんだぞ!!」


ちょ、何を言いだしちゃってるんだよ、イグナーツくん。

「俺の兄上なのに、なんでお前たちばっかり一緒なんだ！　ずるい！　ずるい！　俺だって兄上と稽古したり勉強したいのに!!」

イグナーツくんはそう言った後、いつもの寡黙さはどこへやら、ギャン泣きしだす。

うえぇぇぇ……。どうすればいいんだよこれ。っていうか、イグナーツくん、なんか、思ったよりも、精神年齢低くないか？　あれ？　今までちゃんとやれてたのにどうした？

どうやって収拾すりゃいいんだ。

途方に暮れる僕の横で、いつの間にか使用人たちが、テーブルと椅子《いす》とそれらを覆《おお》うパラソルを設置し、シルトは倒れこんだネーベルを起こして、どこか怪我《けが》がないかとボディチェックをしたあと、軽く手当てを済ませる。

他の使用人たちが、テーブルの上にクロスをかけ、ランツェがティーセットと茶菓子の載った荷台を押してやってくる。

お前ら準備良すぎじゃないか。

僕に抱き付いているイグナーツくんを引き離して椅子に座らせて、一応被害を被ったわけだからネーベルにも同席してもらう。ヒルト嬢には、帰ってもらおうとしたら、ネーベルに気遣わしげな視線をむけながら、できれば同席させてほしいと言われてしまった。

あ、はい、そーっすね。ごめんね、にぶにぶで。そりゃー、好きな相手のことなんだから、気になっちゃうよね？

ランツェがいれた紅茶をシルトが給仕し、各々の前に、菓子と紅茶の入ったティーカップがセットされる。

ギャン泣きからすすり泣きにシフトしていったイグナーツくんに、顔を拭く手ぬぐいと、眼を冷やす濡《ぬ》れたハンカチを渡した。

「イグナーツ」

イグナーツくんに呼びかけると、手ぬぐいで顔を押さえながら、びくぅっと肩を揺らされる。怒っちゃいないから、怯《おび》えるのはやめて。っていうか、僕、怖い？　怖くないでしょ？

「ネーベルに、言うことはあるかな？」

そこは、ちゃんとしておかないと。え？　王族が簡単に頭を下げるな？　何寝ぼけたこと言ってやがるんですかね？　反省したならそれでいいなんて甘ちょろいこと言ってんじゃないよ。王族だって、咎《とが》のない相手に怪我をさせたり傷つけたりしたら、頭下げて謝るんだよ。道徳心の問題でしょ。そんなことできない人間が、国王になれるかっていうの。

でも、イグナーツくんはだんまりを決め込んでしまう。

自分の行いに対して、悪かったってことはわかってると思うんだよね。あと、ネーベルに謝らなきゃいけないっていうのも理解してると思うんだ。ただ、心情的に釈然としなくって、感情が荒れ狂ってるんだろうな。

でもさ、謝罪って、誰《だれ》かに強制されても、意味がないものだと思わない？　僕は思う。

だから僕はイグナーツくんに、これ以上はネーベルへ謝罪するように促すことはしなかった。その代わり、イグナーツくんに、もっとも効く方法を取らせてもらう。

「ネーベル、僕の弟が酷いことをしたね。ごめん」

僕がそう言った途端《とたん》に、イグナーツくんが音を立てて立ち上がった。

ほらね？　信じられないって表情、あと自分が悪いのに、僕に謝らせてしまったっていう悔い。

イグナーツくんは、きっとまさか自分の行いで、僕が頭を下げるなんて思わなかったのだろう。

なんで？　っていう動揺が、もうあからさまに見て取れる。

対して、ネーベルは、ひでーことをしやがるなーって感じの表情。やだなー、意地を張ったら周囲に飛び火することを教えてるだけじゃない。

「擦《す》りむいただけですから、大丈夫です」

「そう？　でも、驚いたでしょ？　悪いことをしたね」

僕に免じて許して、とは言わない。別に免じてくれなくてもいいし、許さんでもいいから。

「いや、もう、本当に……、あ～、はい。わかりました。謝罪、受けとりました。アルベルト様、この件はこれで終了です」

「ありがとう」

ごめんねぇ？　幕引きやらせちゃって。

立ち上がったままのイグナーツくんに声を掛けて、座ってもらう。

「イグナーツ、座って」

さあーって、これからどうしようかなぁ。僕さぁこういう説教って言うの？　得意じゃないんだよね？　自分のことで手一杯だっつーのに、偉そうに他の人に説教垂れるなんて、できるわけないじゃん？

でも、イグナーツくんが何考えてるかわかんねーなーって、ほったらかしにしちゃったのは駄目だった。

いや、だって、そんなに仲が良い兄弟ってわけじゃなかったと思うんだよ？　悪くもなかったけどね？

そもそもの話、四年前まではイグナーツくんと、まーじーでー接触なかった。これはまぁ国王陛下への忖度もあったし、第二王子派とか、国王陛下の元愉快なお仲間たちが流布《るふ》した僕に対しての流言を真に受けた人とかが、第二王子であるイグナーツくんに悪い影響を与えないようにって配慮して、ガードしていたからだ。

僕が、おめーらに付き合ってらんねーよって、事を起こしてから、まず僕に対しての流言は、あの元愉快なお仲間たちの流したデマだって、宰相閣下が周知したたし、王宮内のお掃除は終了したから、僕が我儘《わがまま》で癇癪《かんしゃく》持ちだっていうのはデマだって知れ渡ったけれども、よ。だからといって、僕がどんな人間かなんて知る人は、まぁ……少ないよね？

王妃殿下や宰相閣下は知ってるけれど、じゃぁ他の人はどこまで僕のことを知ってるかって話よ。

イグナーツくんの周囲にいる使用人たちだって、そうなんじゃないかな？

今までの僕の情報は虚偽のものでした。じゃぁ本当の第一王子ってどんな人？ってなると思うんだ。

なのに、頻繁に僕に会いに来たイグナーツくんを周囲の人たちが止めなかったのは、こういうことだったからかぁ。

いや僕もさぁ、まさかイグナーツくんが、こんなブラコンだとは思わんかった。

もし国王陛下が頭の悪い計画を企てていなくて、生まれてすぐに、僕が王子宮で育てられたなら、ちゃんとした『お兄ちゃん』をしてあげられただろうか？　同じ歳《とし》で『お兄ちゃん』は難しいかもしれないけど、せめて双子か年子の兄弟とか、そんな感じになれたかな？　いや、回線が繋《つな》がってなかった僕はぼんやりさんだったからなぁ。かえって失望されていたかもしれないね？　こんな奴《やつ》が自分の兄なのかって。

そうなったらさ、イグナーツくんは、自分のほうが王に足りえるのに、なぜ後から生まれたというだけで、王太子になれないのか？　国王になれないのか？　そう思ったかもしれない。

まぁ、全部、そういった世界線もあったかな？って話だ。

僕は継承権を放棄してフルフトバールを継ぐし、イグナーツくんはラーヴェ王国の未来の国王。

これはもう決定事項だ。

これ以外の道を僕は望まないし、させもしない。

僕はいいお兄ちゃんはできないかもしれないけれど、未来の国王陛下を支えることはできると思うんだ。

「イグナーツ、思っていることは、言葉にしないと伝わらないよ？」

ねぇ？　イグナーツくん。僕らは圧倒的に会話が足りないんだよ。君がどんなことを思っているのか、考えているのか、ちゃんと話してくれないかな？

僕も、話すよ。君が知りたいことを。聞きたいことを。

兄弟って言っても、環境的に一緒に過ごしたことがなかったから、僕としてはイグナーツくんのことは弟というよりは、同世代の……なんだろう？　友人ではないし、今までそんなに接点のなかった親戚、みたいな感じ？

でも、イグナーツくんは違うんだよね。僕に対して、がっつり兄弟って認識があって、もっと一緒にいろんなことをしたいと言われてしまった。

寂《さび》しかったのかなぁとも思ったんだけど、イグナーツくんは、僕と違って、お茶会のデビューはちゃんと済ませていたし、そこで側近候補とか婚約者候補とか、そういった相手を見繕っていて、傍にいるはずなんだけど。

っていうかさ。

「イグナーツ、側近の子たちはどうしてるの？」

僕の質問にイグナーツくんはきょとんとした表情で、僕とそれからネーベル、ヒルト嬢を見比べた。

「側近……」

ん〜？　なんだ、この反応は。

僕は思わず、僕のところの使用人たちと一緒に、遠くで控えているイグナーツくんの従僕《じゅうぼく》へと視線を向ける。

イグナーツくんが僕らのところに突っ込んできたときも、おろおろした様子で止めることもせずに、ただくっついてきただけのあの従僕は、確かイグナーツくんの乳兄弟、のはず。

どんな理由があったとしても、あの状態のイグナーツくんを止められなかったのは、どうなんだ？

いやいや、この辺のことは、イグナーツくんの領域だ。僕が口出すことじゃない。けど何だこの気持ちの悪い感覚。

王妃様に報告しておいたほうがいいんかな、これ。

「一緒に勉強は、う～ん、語学ぐらいなら大丈夫かなぁ。それにイグナーツは、僕とは違う教育を受けてるよね」

僕の代わりに次期国王としてのあれこれを。

「だから、外交に必要な共通語のディオラシ語での会話とか、そういうのなら大丈夫かな？　あと剣術は、やっぱりどう考えても無理」

「どうしてですか」

「僕、剣術習ってないんだよ。あと根本的に剣術っていうのが合ってない。木剣で打ち合いしたとしても、イグナーツが満足できるような訓練にはならないよ」

フェアヴァルターに僕は長物向きだと言われてしまっているし、この辺は次におじい様が来た時に様子を見てもらうことになってる。

あとなんか……、たぶん僕が教わるのは、騎士団でやっている流派ではなく、対魔獣相手の実戦向けのものになるんじゃないかな～？　ねぇ？　不帰の樹海の管理者ならば、まず魔獣を狩れなきゃいけないわけだし。

一緒に剣術の訓練はできないと知ったイグナーツくんは、目に見えて落ち込んでしまう。

イグナーツくんの場合は、剣の腕が立つに越したことはないと思う。

今は周辺諸国と和平が続いている状態で、たとえ戦争になったとしても、国王自ら剣を持つのは本当に稀なことで、大体においては国軍が動くわけでしょう？　イグナーツくんが自ら前線に出るってことは、よっぽどのことが起きた場合なんだよ。

だから言っちゃ悪いけど、イグナーツくんの剣術っていうのは、いわゆる護身の範囲ってことになる。傍にいる近衛騎士がやられてしまった場合、逃げ切るまでに自分の命を守るための剣術だから、それほど強さを重視しているわけじゃない。例えばラーヴェ王国の剣術大会で、優勝できるような腕を持っていなきゃいけないってわけでもないわけさ。

周囲は、剣術に力を入れるよりも、次の国王としての能力を身につけてほしいと思ってるはず。

そう思っていたら、イグナーツくんがぼそりと話し出した。

「兄上が王太子になって国王になるから、俺は臣下として国軍に入ればいいって思ってた、んです」

あ、うん、それは、ごめんね。四年前までイグナーツくんは、王妃様から僕の支えになるようにって、そう言われてたもんね。

「俺も、頭を使うよりは、身体を動かすほうが好き、で、今やってる勉強も必要なことだってわかってる、から、ちゃんと授業は受けてる、んですけど、やっぱり剣術のほうがやりたい、です」

「うん、そうだね。得意不得意は誰にもあるしね」

聞き分けがいい子なんだなぁ。必要だからやってるけど、それよりもやりたいことがあるって感じかぁ。

まぁいきなり進路変更させられたようなものだし、それに関しては悪いことしてしまったなぁっと思っていたら、イグナーツくんがぼそりと呟く。

「どうして……」

「うん？」

「どうして、国王にならないって、言うんですか」

うわぁ……、一番聞かれたくないこと言われちゃった。

「国王は兄上のほうが相応《ふさわ》しい」

「うん、たぶんね。イグナーツよりも、僕のほうがうまく国王やれると思うよ」

周辺諸国との外交だったら、うまく乗り切れると思う。

「じゃぁ、どうして」


「だって、アレが大事にしてるものだからね」


アレ、というのが何を指しているのか、イグナーツくんは気が付くかな？　ネーベルはどうかわからんけど、ヒルト嬢は気が付いてるだろう。ちょっと顔が青くなってる。

「大事にっていうか、価値があるもの。守りたいもの、かな？　とにかく、アレにとっては、とっても代えがたく貴重なものだから、僕の手に入れたら駄目なんだよ」

あいつが大事にしてるものを僕が大事にすると思ったら大間違いだ。

僕はマルコシアス家とフルフトバールの地さえ守れるなら、どんな手でも使うからね？　それがたとえ最悪の事態を引き起こすことになったとしても、躊躇《ためら》わない。

「僕を国王にしないほうが、ラーヴェ王国の為だと思ってほしいな」

納得できなくても納得してね。

ラーヴェ王国はイグナーツくんの国になったほうが、ラーヴェ王国に住まうすべての国民のためになるんだよ。

イグナーツくんの疑問には答えたので、今度は僕の質問に答えてもらおうと思う。

「イグナーツ、アインホルン公女のことは知ってるよね？」

「はい。最初のお茶会の時に、顔合わせをしてます」

あ、ちゃんと認識はしているのね。

「話をしたことはあるのかな？」

「王城ですれ違った時に、挨拶《あいさつ》ぐらいなら」

これは、う～ん、判断に困る。

「イグナーツのいる王子宮に、アインホルン公女が訪問したことは？」

「ないです」

「王城内で見かけはするんだね？　それで、すれ違ったら挨拶をすると。挨拶以外に何か話したりしてるのかな？」

「ない、です。俺、女の子と話すのは、苦手で……」

アインホルン公爵、アウトー！　何が仲良くしてるだよ。それ以前の話じゃねーか。

「うん、わかった。ごめんね。変なこと聞いて」

「いいえ、母上にも同じようなことを聞かれた、のですが、何かあるの、ですか？」

あるっちゃあるけど、具体的にこうとは言えない。

「ちょっとした行き違い。かな？　イグナーツ、丁寧語使いにくいなら崩していいよ」

「え、でも」

「いいんだよ。兄弟なんだから」

さっきからずーっと気になってたんだよね。

僕が兄だから、口調を崩すのは駄目だと思ってたんだろう。つっかえつっかえで、喋《しゃべ》りにくそうで、可哀想《かわいそう》になってしまった。もっと早く言ってあげればよかった。

「そっか、イグナーツは女の子が苦手なのか。ヒルト嬢と同席させてるけど、それは平気？」

僕の問いかけにイグナーツくんはヒルト嬢を見て、僕に視線を戻す。

「苦手なのは、色々話しかけたりされるのが嫌で、ヴュルテンベルク嬢はそういうところがないから平気だ」

「なんとなくわかった。イグナーツはぐいぐい来る女の子が苦手。たぶん年配の女性でもお喋りな方は駄目かな」

僕の言葉にイグナーツくんはしきりにコクコクと頷《うなず》く。

「でも、アインホルン公女とは、挨拶だけなんでしょう?」

僕の問いかけに、イグナーツくんはきまり悪そうな表情を浮かべる。

「自惚《うぬぼ》れかもしれないけれど、話しかけたそうな感じがあって、それが……」

「嫌?」

「嫌っていうか、何か、企《たくら》んでいるのかと……」

「アインホルン公女の思惑が読めなくって、身構えてしまう、ってところかな」

「うん」

なるほどね。

確かに、これだけでは、アインホルン公女が何を考えているのか、よくわからんよね。ただイグナーツくんとお近づきになりたいっていうのは、間違いないと思うんだよ。

「そうだ、ヒルト嬢」

「はい」

「ヒルト嬢はアインホルン公女との付き合いはある?」

話を振られたヒルト嬢は首を横に振る。

「私も侯爵家の子女ですので、お茶会を開いてお誘いもしていますが、公女とのお付き合いは、やはり挨拶のお言葉を交わす程度です。派閥、というほどのものではありませんがグループが違うと言えばおわかりになりますか?」

あー、はい、支持層が違うんだね。

ヒルト嬢はあれだ。いわゆる某歌劇団の男役みたいな感じで、同世代の女の子に理想の男性像を投影される人気がある。対してアインホルン公女は、令嬢のお手本みたいな感じで、理想の令嬢像として人気があるんだろう。

それに二人とも高位貴族だからな。もとから、グループとして分かれるか。この様子では、個人的な付き合いもないいみたいだしなぁ。

「アルベルト様」

ヒルト嬢が意を決したように提案してくる。

「私が公女にお近づきになって話を聞いてきますか？」

「それはやめてほしいなぁ」

女性のことは女性にお任せとは言うけど、僕の勘が、それはよくないと訴えている。

「なぜでしょうか？」

「間違いなく、警戒されちゃうよ」

企みというほどではないと思うけど、アインホルン公女は何らかの思惑があって、イグナーツくんに近づこうとしている。これは間違いないと思うんだ。

そこでヒルト嬢がアクションを起こしたら、アインホルン公女は警戒するはず。

ただなぁ、イグナーツくん自身その気がないけど、僕の考えとしては、アインホルン公女が一番婚姻相手として当てはまっちゃうんだよなぁ。

王妃様が隣国出身だから余計に、イグナーツくんのお相手はラーヴェ王国内から出さなきゃいけない。

候補として一番近かったのはヒルト嬢だ。

僕が一抜けしなければ、イグナーツくんは自身でも言ってたように軍に所属しただろうし、そうなれば、ヴュルテンベルクとの婚姻は、イグナーツくんの地盤を固めることになってちょうどいい。

でもあれこれあったから、ここで軍関係の力が強いヴュルテンベルクとの婚姻は、パワーバランス的によくない。それに、ヴュルテンベルクのご当主は、手打ちになったといえども、マルコシアスとは敵対したくないはずだから、孫娘を王家に輿入れさせるのは避けたいと思うんだよね。

だとすると、次に可能性があるのは、血統的にも申し分ないアインホルン公女になる。血の近すぎはよくないけど、王妃様は隣国出身だから、血はかなり薄まっているはず。イグナーツくんの相手として、アインホルン公女はありなんだよなぁ。

まぁ、この手のことは大人の領分なんで、そっちにお任せするか。

マルコシアス家は、謎多き一族のようだ

おじい様がやってきたのは、イグナーツくんの凸があった日から数日後のことだった。

フルフトバール城の武器庫にある、長物系の武器を数種類持ってきて、自分の手になじむやつを使いなさいと言われた。

「これって、マルコシアス家の家宝の武器とか、そういうんじゃないの？」

「武器は使ってこそだ。使わず眠らせておく意味などなかろう？」

それはそうなんだけどね。

「壊れたりしたら？」

「わざと壊すのは論外だが、どれほど大事に扱っていたとしても、物はいずれ壊れるものだ。特に魔獣との戦闘に使う得物なら、そういうことはよくあるのだよ。無論自分の相棒となるべきものなのだから、手入れは怠らずに、粗雑に扱うものではないぞ。意図せず壊れてしまったのなら、それはそこがその得物の寿命なのだ。どのみちこれは、お前の武器を作るまでの仮のものだからな」

あ、そういう認識か。

じゃぁ、ありがたく使わせてもらおう。

「アルベルト」

どんな形がいいかなと、並べられた武器を見ていると、おじい様に声をかけられる。

「はい？」

「アインホルン公爵から話があった」

うぇ？　王妃様へ、じゃなくってマルコシアスに？　なんで？

「謝罪がしたいとのことだ」

「誰《だれ》にですか？」

「アルベルトにだな」

「なんの？」

「それが要領を得なくてな」

ますますわからん。

「アインホルン公爵が言うには、公女がアルベルトの評判を落とすような態度をとっていたらしい」

「お会いしたこともないのに、僕のことを他所《よそ》で悪く言っていると？」

「それが、どうも釈然とせぬ話なのだ。公女はアルベルトの誹謗中傷といったことは一切《いっさい》口にしておらん」

なんぞ、それは？　なんだかややこしい事案が勃発していそうだなぁ。

「悪く言っていないのなら……」

謝ってもらう謂《いわ》れもないんじゃないかと思ったのだけど、おじい様は最初なんと言った？

「でも、僕の評判を落としている。それは、どんなふうにですか？」

「公女は、お前の話題において、聞くことも話すことも避けているらしい」

「なるほど、つまり、公女の影響力と、避ける理由を憶測で話した結果、僕が公女に失礼なことをしたとか、令嬢の手本ともいえるほどの公女が避けるのだから、よっぽど性格が悪いのではないか、といったことが広まった、ってことですね」

「うむ……。おそらくそうなのであろうな」

「それならば、確かにアインホルンからの謝罪は、頂かないといけませんよねぇ？」

「そうだな」

いくらあちらの爵位が上だとしても、経済力やら軍事力やらは、マルコシアスだって引けを取ってねーからな。

これも貴族の面子というやつだ。めんどくせーなー。

「おじい様、今回公女の行動で僕の評判が落ちたとして、僕の嫁とりに何らかの影響ってあります？　例えば、僕の結婚は政略ありきだとか」

貴族の結婚のほとんどは、同盟やら利益《りえき》やらが付いてまわるものだから、僕の結婚だってそうかもしれない。

もし、公女の態度が原因で、政略を必要とする相手との結婚が流れたとしたら、それは大問題になるから、アインホルンからの謝罪には、僕の婚姻に水を差したというのも加味されるはず。

すると、おじい様はきっぱりと否定した。

「ない。何処《どこ》かと手を組まねばならぬほど、フルフトバールの財源も食料も逼迫《ひっぱく》しておらん。うちが他所からの同盟を必要とすることもない」

うちが必要としているのは、魔獣を斃《たお》す戦力で、そしてその魔獣狩りのエキスパートを育成している本拠地なのだから、他所からわざわざ応援の手を借りるための同盟は必要ないそうだ。

「僕のお嫁さんは、どんな相手でもいいってこと？」

「マルコシアスの血筋はな、どこの血でも受け入れるのだ。ただし外には出さない。リーゼの件は特例中の特例だ」

え？　そうだったの？

「じゃぁ、あの国王陛下がやらかさなくって、僕が国王になったとしたら、世継ぎどうしていたんですか？　あとマルコシアスの跡取り問題は？」

「王の血を持つ者は、もう一人おるではないか」

い、イグナーツくん。うわ～！　どのみちイグナーツくんには、迷惑かけることになってたのかぁ。

「マルコシアスとて、黙って王族の言いなりになっていたわけではないぞ？　リーゼを婚約者にしたり、側妃に召し上げたりするのなら、当然のごとく条件をつけさせたのだ。まず、リーゼが陛下の第一子を産んだ場合、その子は暫定的な国王とし、他の王家の血を引く子供をその次の王にすること。そして陛下には、マルコシアス家を継ぐ子供をリーゼとの間に儲けてもらうことになっていた」

それをあの大戯《たわ》けは、その条件さえも守らんかったのだと、忌々しげに、おじい様はつぶやく。

「この条件通りになっていたら、お前には辛《つら》いことを強いることになっていたな」

ラーヴェ王国の継承権は国王の第一子が継承権第一位だから、確かにこの条件じゃぁ、僕は結婚しても、子供はつくれなかったってことだ。

僕、あの時、かなりめちゃくちゃな誓約条件だしてたよね。特に継承権に関するところ。普通に考えれば、子供や孫以降の子孫にも影響する内容だったはずなんだけど、おじい様はその無茶ぶりを止めなかった。

「じゃぁ僕のあの誓約はマルコシアス家、ひいてはフルフトバールにとっては、正解だったたってことですか？」

「なんだ知っていて、あのような誓約を宣言したのではなかったのか？『王家にマルコシアス直系の血は入れるな』、建国からマルコシアス家に代々引き継がれている家訓だ。アッテンティータの双子に何も聞いておらんのか？」

「マルコシアスの血を引く者は、フルフトバールの地で一生を終えるというのは聞かされていましたけど」

「ふむ……。まぁ、お前が学園に通うようになれば、そのあたりのことも知っていけばいい」

何か理由がありそうな感じだなぁ。

もしかしてマルコシアス家がフルフトバールの地にいて、不帰の樹海の管理者であることにも、関係があるのかな？

アインホルン公女の秘密

アインホルン公女の意味不明な行動で、僕への風評被害が起こったことについて、おじい様と公爵で決着をつけてもらうようにお任せしたのに、アインホルン公爵からどうしても僕と会談しての謝罪がしたいとの申し出があった。

なんでぇ？　僕に固執する必要どこにある？

ただ、ここで会いたくないと言ったところで、それで終了というわけにはならないだろう。これ絶対こっちが頷《うなず》くまで、延々言ってくるパターン。

そして、どうやら、公女が謝罪の場を設けてほしいと言ってきたそうだ。

うえぇ、まーた、面倒な状況になってきやがった。

だって、謝罪って言ってきたってことは、会ったこともない僕に対しての公女の態度は、故意にやったと言ってるようなものだ。

つまりー、僕は嫌われてるってことでしょ？　会う必要、あるかなぁ？　ないんじゃないかなぁ？

と、グダグダ言っていても、仕方がないので腹をくくることにした。

そうはいっても、僕、自分のホームであるシュトゥルムヴィント宮に、そんな悪意を持って風評被害をまき散らした方は、お招きはしたくない。相手だってそれだけのことをしてるんだから、こっちに対して警戒してるはず。

宰相閣下にお願いして、王宮の談話室で面会をすることにした。

本来なら、当事者である僕と公女以外にも、保護者であるおじい様とアインホルン公爵、そして見届け人として宰相閣下の五人での会談ということだったのだけど、おじい様の予定が立たないのだ。

ほら、おじい様は不帰の樹海の管理者として、まず魔獣狩りを第一としなきゃいけないから、ほんとーに多忙なんだよ。

今回は、僕と公女の一対一での対面で、記録の魔導具を発動させて会話の記録をするという条件下で、会談するということになった。

これならお互い文句ないよね。

やってきたアインホルン公女は、蒼銀の髪に紫の瞳《ひとみ》といった、ラーヴェ王国の王族特有の色を持っている。そして可愛《かわい》らしいというよりも、綺麗《きれい》なという表現のほうが似合う少女だ。これはたぶん、王妃様タイプの、きりっとした美人に育つだろうな。

「ラーヴェ王国の輝ける」

「待って」

カーテシーで王族に対する挨拶《あいさつ》の口上を述べようとするアインホルン公女の言葉に、制止の声を

かける。

その口上はやべーでしょうが。

「アインホルン公女、それは、王太子に対しての挨拶です。するならば、立太子したイグナーツにするものです。その挨拶を僕に向けてしないでください」

僕の言葉にアインホルン公女は驚いた表情で顔を上げる。なんだかアンバランスな子だなぁ。

「挨拶はもういいです。どうぞお座りください」

「失礼いたします」

再度カーテシーをして、公女は僕が勧めたソファーに腰を下ろした。

向き合う僕らの前にあるテーブルに、双子がお茶の給仕をし、一礼してから音もなく部屋の隅へと離れていく。

それを見届けてから、僕はテーブルの上に置いてある、球体型の魔導具に手を伸ばした。

「ここからの会話は記録させてもらうね」

「……はい」

魔導具を起動させると、アインホルン公女は茶器に手を伸ばすことよりも先に、僕に向かって頭を下げた。

「第一王子殿下。わたくしの浅はかな態度によって、第一王子殿下に多大なるご迷惑をおかけしたこと、大変申し訳なく思っております。お詫びのしようもございません。今回のことはすべてわたくし一人の咎《とが》でございます。わたくしが人に与える影響を考慮しなかったことが、このような事態を引き起こしたと自覚しております。いかような罰もわたくしが受けますので、どうか我がアインホルン家にその責を求めるのはおやめください」

言い訳せずに、謝罪一辺倒。しかも、ちゃんと自分の影響力が引き起こしたと、わかってるんだぁ。

ただ自分の影響力で僕の風評被害が起きたこと、これが故意であるのか過失であるのかいまいち読めない。偶然の産物だったのか、それとも計算しつくしてのことだったのか、どうなんだろう？

「確認しておきたいことがいくつかあるんだけど、答えてくれるかな？」

「はい、なんでもお答えします」

素直だなぁ。なのに、なんであんなことしたんだろう？

「今日、この日が来るまで、僕はアインホルン公女とは会話をするどころか、お会いしたこともなかった。相性のいい悪いもわからない状態だったと思うんだけど、それなのにアインホルン公女は僕と関《かか》わりたくないような態度を周囲の人たちに見せていたと聞いたよ。それには何か理由があると思うんだけど、何故《なぜ》なのかな？」

僕の問いかけに、アインホルン公女の表情が途端《とたん》にこわばる。

言いたくないなら言わなくていいよ、とは言えないんだよなぁ。だってこの子、やってることがなぁ。偶然ですと言うには無理がありすぎるんだよ。

アインホルン公女は、こわばった表情のまま、僕とそれから記録してる魔導具を交互に見て、それから、一度ぎゅっと唇を引き結んだ後、僕に呼びかける。

「第一王子殿下」

「はい」

「殿下は……、転生というものを信じますか？」

生まれ変わりではなく、転生かぁ。その言葉のチョイスは、偶然じゃないよね？　狙《ねら》ってその言葉を使ったよね？

「わたくしには、前世の記憶があります」

あ～、やっぱりそうかぁ。

「前世のわたくしは、この世界とは違う世界で生きていました」

「ちょっと待って」

おそらく自身の秘密を語りだそうとしているアインホルン公女に、僕は待ったをかけて、記録の魔導具に手を伸ばす。

さすがにねぇ、これ以上記録を取るのは駄目だわ。

アインホルン公女の家族が、どこまで彼女のそれを知っているかはともかく、この記録が外に漏《も》れたら、絶対騒ぎになってしまうんだよなぁ。

そして僕が一番当たってほしくない予感が、確実になった瞬間だった。

魔導具を止めて、僕はソファーの背もたれに沈み込む。

「第一王子殿下？」

姿勢を崩してしまった僕に、アインホルン公女は何か気に障ることでもしてしまったのかと、不安げな様子を見せる。

「行儀が悪くてごめんね」

ほんと、ごめんね。アインホルン公女を気遣ってあげられる余裕が、今の僕にはないや。

「いえ、あの……」

「うん、大丈夫。話を続けてもらっていいかな？」

身体を起こして座りなおしながら、アインホルン公女に話を続けてもらうように促す。

「……もしかしたら、わたくしの説明で、殿下がご理解できないこともあると思われます。もしわかりにくいところがございましたら、仰《おっしゃ》ってくださいますか？　できるだけ伝わるように説明しますので」

「うん、わかった」

大丈夫大丈夫、どんな説明でも、通じるから。

僕の返事に、ほっと息をついてから、アインホルン公女は再び話し始めた。

「前世のわたくしが生まれ育った世界は、かなり文明が発達していました。そしてこの世界のように『魔力』というものはなく、代わりに魔力を消費せずとも使えるエネルギーが存在しました。この世界とは違って貧富の差は少なく、こういった魔導具も一部の特権階級だけが持つのではなく、貴族も平民もほぼ平等に、そして当たり前のように、使用することができたのです」

確かに、金さえあれば、物は手に入ったし、生活もできた。その分失業率も高かったし、なかなか正社員として働くのも困難なところもあった。けど、職種を選ばず忍耐強く、あとメンタルつよつよであれば、生きていく分には何とかやっていける金銭を稼ぐことは可能だった。

「魔導具の中には、離れた場所でも、他人とのコミュニケーションが取れるものがあります。そういった道具を使えれば、作家ではない者でも、自身が紡《つむ》いだ物語を発表し、多くの人に読んでもらうことができるのです。発表された物語の中には、出版会社からお声がかかり、もっと大衆に読んでもらうために改稿して書籍となることもございます」

それは、もしかしなくても、あれだよね？　小説投稿SNSサイト。

「第一王子殿下。わたくしはそういったところで発表され、後に、『虐げられていた伯爵令嬢は、氷の王太子殿下に溺愛される』というタイトルの書物を読みました」

いかにもなそのタイトルは、女性向けの作品であることを如実に物語っている。

「その物語の舞台はラーヴェ王国。ヒロイン……主人公は伯爵家の少女で、女伯である母親が亡くなった後、入り婿である父親が、愛人とその愛人との間にできた妹を伯爵家の屋敷に連れ込み、伯爵家の正当な血筋である彼女を虐げるのです。彼女は年頃になり、王立学園へと入学して、一人の青年と恋に落ちます。青年の名は」

なんか、もう、聞かなくてもわかっちゃったなぁ。

「「リューゲン・アルベルト・ア＝イゲル・ファーベルヴェーゼン・ラーヴェ」」

僕とアインホルン公女の声が重なる。

公女は少し驚いたような表情で僕を見るが、でも話の内容から、僕がそのことを察したと思ったのだろう。ずっと緊張でこわばった表情を少しだけ和らげて、再び話し始めた。

「物語のリューゲン第一王子殿下は、ラーヴェ王国の王太子で、わたくし……、いえ、アインホルン公爵家の長女である、オティーリエ・ゼルマ・アインホルンは、五歳の時に第一王子の婚約者と王命で定められました」

アインホルン公女の語る物語と、実際のこの世界には微妙な差があるなぁ。

「アインホルン公爵令嬢は、ヒロインである伯爵令嬢と王太子殿下との恋を邪魔するのです」

そう言って、アインホルン公女は泣きそうな表情を浮かべる。

「ただお二方の恋を邪魔するのではなく、伯爵令嬢の、命を脅かすことをたびたび行い、それでも王太子殿下のお傍から離れることのない、伯爵令嬢に激しい殺意をいだき……。……お、お二人の仲を裂くために、隣国を巻き込み、ラーヴェ国内を戦乱の恐怖に陥れてしまうのです」

そこまで行ったら国家反逆罪に該当しちゃうよね。たとえ動機が些細《ささい》な恋心だったとしても隣国巻き込んでの大騒動なら、「コンヤクハキ」とか「ツイホウ」とか「シュウドウインオクリ」なんつー規模じゃぁ収まらんわ。

もうそれこそ処刑一択になっちゃう。

ところでその小説に出てくる隣国ってどこ？　まさか王妃様の故国じゃあるめーな？

「僕は王太子ではないよ。現在のラーヴェ王国の立太子の儀は、成人してからになっている。それまでは、王子、王女だ。たとえ国王陛下の第一子が王太子になると決められていても、立太子するのは。
までは『王太子』は名乗れない」
些細なことかもしれないけど、こういった決まり事には厳しいんだよ。特に王族関連に関するも
だから僕が事を起こす四年前だって、誰《だれ》もが僕のことを『第一王子殿下』と呼んで、一人として
『王太子殿下』呼びする者はいなかった。
言外に、アインホルン公女の知っている小説と、この現実の世界は同じではないと告げたんだけ
ど、どうも微妙な……納得できない？　したくない？　そんな反応だ。
「……そ、それは、存じ上げております」
存じ上げてるけど、アインホルン公女は、この世界が、自分の知っている虚構の世界だと思った
んだよね。そっか、そうなのかぁ。あーあー、困ったなぁ。本当に、困ってしまうよ。せめて、知
りませんでしたと言ってくれたなら、見逃してあげられたのに。
「それにしても、乙女ゲームじゃなく、ドアマットヒロインが主役のラノベだったのか」
僕の言葉にアインホルン公女は勢いよく顔を上げ、こちらを見つめる。
「な、なん……」
「転生者は、『悪役令嬢』の自分と、『ヒロイン』だけがなるものと思っていたのかな？」
言葉を失い驚愕《きょうがく》に染まったアインホルン公女に、僕はできるだけ優しく、そして陽気に自己紹介
をした。

「それじゃぁ、改めまして、御機嫌よう。青き惑星の中でも、魔改造大好き人種の記憶を持つ同士のご令嬢。僕は、ラーヴェ王国の第一王子、リューゲン・アルベルトだよ」

やっぱり、ざまぁフラグが立ってる王子様だった

僕の挨拶《あいさつ》に、アインホルン公女は青ざめた顔のまま動かない。

なんだよぉ、もっとさぁ、ノリよく返事をしてくれると思ったのにーって、まぁ、疚《やま》しいことがあったら、それは無理だよね？

「だ、りゅ、あ、」

言語になっていない声をこぼすアインホルン公女に、僕は語り掛ける。

「さて、どこから話を始めようか？　君が知っているラノベと、この現実世界の違いから始めようか？」

「……」

「えーっと、なんて言ったっけ？　ラノベの話だと、僕とアインホルン公女は五歳のころに王命で婚約してるんだってね？　しかし現実の僕らはどうだろう？　王命で婚約どころか、今この時になるまで、一度も顔を合わせたこともなかった」

「……」

「次にラーヴェ王国の王太子だけど、今現在、ラーヴェ王国の王太子はいない。居るのは二人の王子だけだ」

「……」

「王太子になるのは僕ではなくイグナーツ。これはもう国議で決定してるから、絶対に覆ることはない。僕らが成人したら、王太子を名乗るのはイグナーツ第二王子殿下で確定している」

「……」

「アインホルン公女」

びくりとアインホルン公女の肩が跳ね上がる。

「君が僕を避けていたのは、『悪役令嬢』になりたくないから、その可能性に近づくものはことごとく排除したかった。これは間違いないよね？」

その問いかけに何度も頷《うなず》くアインホルン公女だけど、でもね、ごめんね。僕はさ、それで、それじゃぁ仕方がないよね？とは言ってあげられないんだ。

だってアインホルン公女の僕に対しての行動は、仕方がないで済ますには、あまりにも、作為に満ちていたからね。

「さっき君はこの国の王太子の制度を知っていると言ったね？　つまりそれは、君の知るラノベとこの現実世界は似ているところもあるけれど、同じではないということを理解していたということになる。これについて何か僕に言うことはあるかな？」

「そ、それは……」

「うん、それは？」

問い返すと、アインホルン公女は何かをこらえるように顔を真っ赤《まっか》にさせて、ぶるぶると震えだす。それはまるで、勢い余って叫びだすことを耐えてるような様子だ。

「だって……」

「うん、だって？」

「『しいでき』のリューゲン王太子は、クールな性格だけど、本当はどんな相手に対しても情が深くって優しくって、敵に対してだって思いやれるヒーローなのに……、だけど、ここのリューゲン王子は、癇癪《かんしゃく》持ちの我儘《わがまま》で、自分の思い通りにならないと、周囲に八つ当たりするって……。そういう劇中劇の婚約者と、現実の婚約者が違うのなんて、ざまぁ系の話にいっぱいあったしっ、そ、それなら！　私が！　悪役令嬢の私がヒロインになって、断罪してくる相手をざまぁしてやり込める話にしたっていいじゃない！」

アインホルン公女は、次第に僕に向かって『話している』のではなく、自分の考えを思い起こして『喋《しゃべ》る』方向にチェンジし始めた。

「だって、私が悪いわけじゃないのに断罪なんて、そんなの、許せないでしょう！　悪いのは王命で決められた婚約者がいるのに、婚約者をほったらかしにしたりするほうじゃない⁉　条件はこっちだって同じなのに、自分だけが我慢してるとか被害者ぶって、自分の行動を正当化して！　そんなの不公平だわ！　やってることは浮気《うわき》なのに、ヒロインとくっつくからって、それが正しいことになって！　でも実際は全然正しくないじゃない！　それなら、そんな相手を私がざまぁして、やり込めたっていいでしょう⁉」

一気に喋って息を切らしているアインホルン公女に、僕は声を掛ける。

「確かに、王命で決められた婚約なのに、自分だけが我慢していると思って、相手の婚約者を邪険にするのは傾聴力が皆無だし、婚約者をほったらかしにして、他の女性に心を移すのは不誠実だ」

「そうでしょう⁉」

「だけどその状況は、僕らに当てはまるものなのかな？」

意を得たと言わんばかりのアインホルン公女は、僕が発した言葉を聞いた途端《とたん》、固まった。

『悪役令嬢』になりたくなかった。君は、他の貴族令嬢から、令嬢の見本だと言われてる。そう言われるように、常に所作や態度に気を使って、マナーも努力して身につけたんだろうね」

「……」

「すでに周囲の人たちは、完璧《かんぺき》な令嬢と君を評価して、褒め称えている。誰《だれ》も君を『悪役令嬢』などと言って貶めることはない。そしてこの世界の僕は君の知るラノベの世界の僕ではないし、君が愛読していただろうざまぁ系の王子のように、初対面で君を貶めるようなことを言う人間じゃない」

「わ、わた、し」

「なのに、アインホルン公女。君は自分が『悪役令嬢』になりたくないから、僕を避けたと言うんだよね？」

ねぇ？　僕が何を言いたいか、気が付いているよね？

「だ、だって」

また、『だって』か。

「だって……、ざまぁする悪役令嬢っていうヒロインになれると思ったんだもの！　『ざまぁ』ってやつをしたかったのよ‼　そういうの、やってみたかったの‼」

だと思ったよ。

アインホルン公女が、『悪役令嬢』になりたくないのは本当だと思う。そのために『悪役令嬢』からかけ離れた、お手本のような完璧な令嬢になるために、なみなみならない努力をしたのだろう。

でもだ、『悪役令嬢』のルートから外れようとする割には、僕に対するアクションがただ遠ざけるだけというのがね。どうも、作為を感じたんだよ。

だって、アインホルン公女は、あの元愉快なお仲間たちが流した僕の悪評、これを確かめるために、動かなかったんだ。

四年前の件は、王宮内を巻き込んでの大騒動だったし、国議に出ている貴族はその理由だって耳にしている。

アインホルン公女が、僕を中心としたそういった騒動があったと知っている立場にいたにもかかわらず、僕の悪評に対しての虚偽を確かめることはしなかった。自分の知っているラノベと、この現実世界との差異はわかっていたはずなのにだ。

『悪役令嬢』にならないための行動力はあるというのに、『悪役令嬢』になる不確定要素をほったらかしにしておくなんて、おかしすぎるだろう？

それはもう、ざまぁ状態になることを期待していたからだって気が付いちゃうよ。

この子、この世界が夢やバーチャルリアリティのゲームではないということは理解していると思うけれど、このラーヴェ王国の王位継承権持ちの公女であることの自覚がなさすぎる。

このままでいたら、他国からのちょっかいで、国崩しに利用されそうで怖い。

さて、この夢見がちなお嬢ちゃんをどう教育してやろうか？

あとがき

初めまして皆様。私、有《あり》と申します。

数多あるラノベの中から、本作を手に取っていただき、感謝を申し上げます。

前から少しずつ書き溜めていて、きりがいいところまで書きあがっていたこの作品を『小説家になろう』と、『カクヨム』のほうに投稿することにしたのは、2024年の五月でした。

ちょうどその頃、『小説家になろう』では、第十二回ネット小説大賞が開催されたばかりで、私は受賞したいという気持ちよりも、作品投稿を始めた記念にチャレンジという軽い気持ちで応募したのです。

第十二回ネット小説大賞は、20000作品以上の応募があり、過去最多の応募数だったそうです。

そんな中で受賞するのは一握り。

昔から『小説家になろう』で小説を書いている作者の方々にとっては、自分の作品が書籍化される登竜門として、挑まれているコンテストです。

お祭り気分で応募した私と違って、応募されている他の作家さんの熱量はすさまじいものでした。

あわわわわ、私、場違いだったかも。そう何度も思いました。

そして本作は、第十二回ネット小説大賞にて、金賞をいただきました。

自分で言うのはどうかと思うのですが、無欲の受賞だったと思います。

それからとんとん拍子に作品が出版されることになったのは、本当にいいタイミングが折り重なった結果だと思います。


私は昔から男の子が頑張るという作品が大好きでした。

スポーツものではライバルとの勝負。冒険ものなら巨悪との戦い。そういったシチュエーションが、たまらなく心を熱くさせました。

それと同じく、ヴィラン側のお話も大好きです。

そう、悪役令嬢作品も大好きなんです。

アルベルト殿下はいわゆる悪役令嬢に冤罪をかけて、だけど主人公である悪役令嬢に『ざまぁされる王子様』です。

悪役令嬢作品におけるヴィランなのです。

好きと好きをぶち込んで出来上がったのが、この『ざまぁフラグが立ってる王子様に転生した』になります。

このアルベルト殿下は、一部の読者には評判がよろしくない主人公でして、曰く『中身がいい大人なのに、屁理屈ばかり言ってる子供のようだ』『嫌味ったらしいことを言ってくるおっさんみたい』『主人公のくせに大人げなくって、ネチネチして可愛げがない』などなど、そんな感想を頂きました。

でも、アルベルト殿下は、大人で子供。子供で大人。精神的に未熟なところもあるし、達観してることもある、アンバランスな主人公です。

そしてこの慇懃無礼さがアルベルト殿下の持ち味です。

どうかこの生意気なアルベルト殿下を『ムカつく！　でも気になっちゃう！　好き！』と思いながら見守ってください。

書籍化にあたり、大変感激したことは、この作品のキャラクターを描いていただけたことです。

書籍作業でヒーヒー泣いていた私は、ラフ画から着色ラフ、そして仕上げと、燃料投下を受けるたびに頑張れました。

イメージそのままのアルベルト殿下たちを具現化してくださったRuki先生と、感想に日和ってアルベルト殿下をおとなしくさせていた個所に『ここはもっと殿下を活躍させましょう！』と推してくださった担当編集者様に、最大の感謝を。

そしてこの作品を下見の段階で読んで、『カクヨム』と『小説家になろう』に投稿するようにと推してくださった、実姉でありラノベ作家の大先輩である翠川稜《みどりかわりょう》先生にも感謝を。

翠川稜先生の一言がなければ、『ざまぁフラグが立ってる王子様に転生した』は、いつか投稿すると言いながらＰＣの奥底で眠らせて、日の目を見ることはなく、ネット小説大賞で受賞することもなかったでしょう。

最後に、ＷＥＢで本作を読んで応援してくださった皆様。

『ざまぁフラグが立ってる王子様に転生した』が書籍化されたのは、読んでくださった皆様からの応援あってこそだと思っております。

感謝の言葉を何度もお伝えしておりますが、とても足りない！　しつこいと言われても、もっと言いたい！　ずっと言い続けたい！

ＷＥＢから本作を応援してくださった皆様に。ネット小説大賞を開催してくださったクラウドゲート様に。書籍化を打診してくださった担当編集者様と関係者の皆様に。そしてこの本を手に取ってくださった皆様に。

ありがとう。

『ざまぁフラグが立ってる王子様に転生した』をこれからも見守ってください。

GAノベル

ざまぁフラグが立ってる王子様に転生した

2025年4月30日　初版第一刷発行

著者　有

発行者　出井貴完

発行所　SBクリエイティブ株式会社
〒105-0001　東京都港区虎ノ門2-2-1

装丁　アオキテツヤ（ムシカゴグラフィクス）

印刷・製本　中央精版印刷株式会社

ISBN978-4-8156-2878-9
Printed in Japan

ファンレター、作品のご感想をお待ちしております。

〒105-0001　東京都港区虎ノ門2-2-1
SBクリエイティブ株式会社
GA文庫編集部 気付

「有先生」係
「Ruki先生」係

本書に関するご意見・ご感想は
下のQRコードよりお寄せください。
※アクセスの際に発生する通信費等はご負担ください。

https://ga.sbcr.jp/

一瞬で治療していたのに役立たずと追放された天才治癒師、闇ヒーラーとして楽しく生きる８

著：菱川さかく　画：だぶ竜

GAノベル

　ハーゼス王国王都に聳える白亜の塔。そこはごく一部の者しか近付けない神域にして、聖女・アルティミシアが祈りを捧げている場。その聖女が失踪したという報せが入り、国家中枢は聖女確保のために国中を捜索し始める。

　一方、王都外れの廃墟街にある治療院。アルと名乗る少女が行き倒れていたところを偶然助けたゼノスは、治療院のメイドとして雇うことになる。

　家事手伝いの才能の無さに苦戦しつつも、ゼノスの元で貧民街での生活を満喫していくアル。しかし聖女の予言による厄災の影はすぐそこまで迫っていて——

「勇者？　聖騎士？　そんな大それたもんじゃない。俺はしがない闇ヒーラーだよ」

「小説家になろう」発、大人気闇医者ファンタジー第８弾！

試読版は
こちら!

試読版は
こちら!